アイリス・マードックと宮澤賢治の同質性

― 両者を結びつける絆 Rabindranath Tagore ―

室谷洋三 著

大学教育出版

亡き妻・瑠美子に捧げる

まえがき

　長いこと不勉強だったが、この度は久しぶりに学会でアイリス・マードックと宮澤賢治との比較文学的な研究発表をした。それを活字にして欲しいと多くの人から求められた。それで私は既に大学の紀要に発表したり、「英語青年」に載せていただいた小論を足し、また私はアイリス・マードックとしばしば手紙を交換していたのでそれを加え、さらにアイリス・マードック学会の発足、アイリス・マードックの死に対する哀悼の言葉を選ぶことで、本書の出版を企画した。構想と初出は下記のとおりである。

第1章　アイリス・マードックとの往復書簡
第2章　アイリス・マードックと宮澤賢治の同質性
　　　　—両者を結びつける絆 Rabindranath Tagore —「PERSICA」第39号
第3章　マードック・カントリー訪問（「英語青年」第137巻 第12号）
第4章　マードック、ベイリー夫妻の岡山訪問（アイリス・マードック学会 Newsletter）
第5章　アイリス・マードックと親交のあった三人の女性（同上）
第6章　アイリス・マードックと宗教（「英語青年」第138巻 第12号）
第7章　アイリス・マードックの幸福論
第8章　アイリス・マードックと性差別
第9章　日本アイリス・マードック学会発足に際して（The Iris Murdoch Newsletter 1999年10月）
第10章　哀悼　デイム・アイリス・マードック（「英語青年」第145巻 第3号）

　第2章ではマードックも宮澤賢治も Tagore に強く影響され、両者の同質性は Tagore が絆であることを説き、最後では両者の絶筆である *Jackson's Dilemma* と「アメニモマケズカゼニモマケズ」を比較している。第3章と第

4章は私の楽しい回想録になっている。昔、マードックから手紙を頂いたとき胸は高鳴った。イギリス旅行も楽しいものであった。旅行の都度私は幸運にもマードックとお会いすることができた。これは畏友 Christipher Heywood 教授の援助のおかげである。

著者

アイリス・マードックと宮澤賢治の同質性
―両者を結びつける絆 Rabindranath Tagore―

目　次

まえがき ………………………………………………………………… i

第1章 アイリス・マードックとの往復書簡 ………………………… 1
 1. *Poems by Iris Murdoch* に関するもの *1*
 2. 追憶の詩に関するもの *3*
 3. 若き日のアイリス・マードック The Fate of *The Dalisy Lee* と *The Inchcape Roch* との関係 *14*
 4. John と私の内緒ごと *17*

第2章 アイリス・マードックと宮澤賢治の同質性
   ―両者を結びつける絆 Rabindranath Tagore― ………… *21*
 1. アイリス・マードックと Rabindranath Tagore *21*
 2. 宮澤賢治と Rabindranath Tagore *35*
 3. 宮澤賢治とアイリス・マードック *39*

第3章 マードック・カントリー訪問 ………………………………… *41*
 1. Marie Ruadh 伝説と *The Unicorn* *41*
 2. Rollright と *The Messeage to the Planet* *56*

第4章 マードック、ベイリー夫妻の岡山訪問 ……………………… *61*

第5章 アイリス・マードックと親交のあった三人の女性 ………… *67*

第6章 アイリス・マードックと宗教 ………………………………… *75*
 1. アイリス・マードックと聖書 *75*
 2. アイリス・マードックとキリスト教 *82*

第7章 アイリス・マードックの幸福論 ……………………………… *85*

第8章　アイリス・マードックと性差別 ……………………………… *88*

第9章　日本アイリス・マードック学会発足に際して ……………… *93*

第10章　哀悼　デイム・アイリス・マードック ……………………… *98*

結　び　感謝の気持ち ………………………………………………… *101*

第1章

アイリス・マードックとの往復書簡

1. *Poems by Iris Murdoch* に関するもの

最も手紙の交換が頻繁だったのは *Poems by Iris Murdoch* と *Essays By Iris Murdoch* を発刊した時である。

彼女の若い頃の作品は、彼女が在学したブリストルの Badominton School という女子パブリックスクールの校友会誌に掲載されている。それらの作品を入手するのは大変面倒であった。順序として学校にまずお願いする必要があった。私はまずそれを行った。校長から次のような返事をいただいた。

> I would like to help but Dame Iris guards her work rather carefully, and you will need to seek her permission to have these articles released, I will send your letter to her at Oxford and see her response.

それで私はマードックに次のような願いの手紙をしたためた。

Dear Iris

I hope this finds you well.
I'd like to ask a favor of you.
I have found that you wrote some poems and essays during your school days at Badminton. I wrote to the librarian of Badminton School to ask if I could have photo copies of them. I received a note from the Headmaster, saying that I need to have gour permission to have those articles released. Accordingly

the Headmaster of the school will be writing to you with regard to this matter, It would be my great pleasure and moreover helpful to my research into your work if I were able to have access to the afore mentioned writings. So, it is not too much trouble to you, and you have no major objection, I would be extremely grateful if you would give your permission for the articles and poems to be copied and the copies sent to me.

I have written to John, in the same post, to congratulate on *Alice*, Which I enjoyed very much. I hope to see you both again before long, perhaps next summer when I shall be visiting England.　　　　　with love Yozo

この私の願いにマードックは次のような返事をくださった。

Dear Yozo

So glad to hear from you!
The H M Clifford Gould has written to me, and you will I hope by now have received The (Childish) poems and articles! I am very touched that you want to see more 'picture' of my early days! I continued to write poetry of an adult, and have quite a number of poems published in various periodicals (not collected), John and I think of you with great affection, and it will be wonderful if you come to England and Oxford next summer. We have been in France, in Provence. We have no more adventures in view at present!

　　　　　　　　Much love to you, dear Yozo. From John and Iris

私はこれに勢いを得て彼女の詩の素晴らしさを称える手紙を出し続けた。そして最後に下記のような手紙を受け取った。

Dearest Yozo

Please do not worry about my remarks about my "early works"…I expect some of them have some charm…it is very kind of you to look at them… Do do what you love! They will present the voice of childhood!

I would be pleased for you to collect some of the later poems…I must dig them up…They have not been collected here.

Christopher and Neil have arrived…how very much we wish you were with us too…

その上、神戸大震災についての見舞状までいただいた。これには、*Poem by Iris Murdoch* 出版への感謝の気持ちも含まれていた。さらに *Poem by Iris Murdoch* については John Bayley さんからも礼状（4, 5 頁）が届けられた。

○ John からの手紙（原文次頁）

My Dear Yozo

Thank you so much for the book--- so nicely done and with you and Paul's ecellent introduction. Christopher had told me of your heart problem I am so sorry, and so gad to hearthings are better now. Im sure they will be and best wishes for the future. Our 'problem' gets a bit worse each month, but we dtruggle on lovingly.

Your letter was a delight --- what a sense of humour you have!! I love the thought of Rumiko teaching Christopher and Christopher teaching Rumiko --- Please give Rumiko our love --- we remember very much our meeting with her. The new house sounds lovely. Bird-noises and local trains: ideal background sounds. Much better than cars and people! What beautiful handwriting you have!

I wish mine was so good and so clear.

Again thanks and love from Iris and kisses from her --- she does remember you --- John

2. 追憶の詩に関するもの

その上、彼女は自分が最も気に入っている三つの詩 A Brown Horse, Miss Beatrice May Baker, Agamemnon Class 1939 についての創作動機などを知らせてくれた。その上彼女が気に入っている詩 A Merciful Solution の原稿（パソコンではなく万年筆でかいたもの）まで同封してくれた。

Agamemnon Class 1939 について

Frank Thompson and I in 1938-39 (just before the war) were students in

My Dear Yozo, Thank you so much for the book, — so nicely done, & with you & Paul's excellent introduction. Christophe had told me of your heart problem — I am so sorry, & so glad to hear things are better now. I'm sure they will be, & best wishes for the future. Our 'problem' gets a bit worse each month, but we struggle on lovingly.

Your letter was a delight — what a sense of humour you have!! I love the thought of Rumiko teaching Christophe & Christophe teaching Rumiko — Please give Rumiko our love — we remember very much our meeting with her. The new house sounds lovely. Bird-noises &

John Bayley 氏の *Poems by Iris Murdoch* に対する礼状と阪神大震災についての見舞いのことば

Local trains: ideal background sounds. Much better than cars & people! What beautiful handwriting you have! I wish mine was so good & so clear

Again: Thanks & love from Iris & kisses from her - she does remember you. — John

A Merciful Solution

The moon makes the birds sing.
Yes, that is true.
It makes the birds sing so —
How can it do,
Do the birds know?
Birds singing is for day.
Yes, and for us the night.
We could read by this light.
Yes, yes. <u>Doomed lovers meet in moonlit lane.</u>
Ah, there it is again —
I think it is a lark.
My love, it is a nightingale.
See, it is dark, dark.
I heard a dog bark,
Someone will come.
No one will come here.
I hear the birds, let us go home.
We have no home, my dear.
This is our marriage vow,
Our marriage bed.
Moon shadows in the lane.
So, is it now?
Surely I see the dawn,
The sky is red.
For us there is no dawn.

[a space]

マードックが送ってくれた手書きの長詩 A Mereiful Solution

第1章　アイリス・マードックとの往復書簡

face] Better to die together than to live apart.
Will you go first or I?
Give me your hand — so —
Oh swiftly in the dark
Here, here in the heart,
Quick here my love, my love.

One shadow in the lane, one pain.
Birds sing their morning song.
No shadow in the lane.
So joyously they sing again.
Love tryst goes wrong.
Was there a little cry?
A cuckoo's call.
Yes, I desire to live.
With me to die was all
My gift to you, goodbye,
My only love, forgive.

　　　　　　　　　　　Iris Murdoch.

A Garland for Stephen Spender
The Tragara Press Edinburgh 1991

Oxford in the Class of Professor Fraenkel, a very distinguished classical scholar, a Jewish refugee. His class was famous, not everyone was allowed in! (we were about 12-15) Reference in my poem are to the Ancient Greeks. I was veryvery fond of Frank, and we were much together, Then of course Frank was then called into the war. He was very distinguished, Soon became a major. He was stationed in Cior and was Parachuted, with anotherman (a cergeant) into Bulgaria to make inti important contacts with the prttisants.

However he was caught and shot. (the cergeabt was not killed.)

Age 24. He would have been a fine Classical scholar.

Excuse this hasty very attached letters! With love and best to each other wishes. Iris

Later, when his wife died, Fraenkel at once on the same day committed suicide. He was a very good, dear and noble man.

A Brown Horse について

My dear Yozo, thank you for your charming letter. About Emma, she is a daughter of a distinguished painter, Reynolds Stone (dead alas). There are four children, two girls other boys, now all well grown up, and all very talented in the arts, In the poem she is about fifteen (it was written long aog), in Ireland where we were traveling with the Stone family, in a dark solitary place, when the horse came forward to greet us…nothing around except the marsh, the hills, no sea or ships visible, but near and very Irish! recall this very vividly. Emma is dear girl. She must now be thirty, or forty and has a talented husband and children. I see her quite often. She too has artistic talent. The horse. The whole scene was so lonely and so somehow dark. Thank you for your kind interest! With love and best wishes Iris.

マードックは小説家として名高い。26冊に上る長編小説を完成させたのだから当然である。しかし小説のほかにも戯曲、詩など様々な領域で活躍している。詩人としては中学在学時代から書いている。若い頃の作品にも佳作がある。しかしマードック自身は childish work と評して謙遜し、1970年代以後に創った作品を誇りにしている。そして Would be pleased for you to collect some of the later poems---I must dig them up… と告白している。私はこの

言葉に従って後期の詩を改めて読み直した。その結果マードックは次の四つの詩に特に愛着を抱いていることを発見した。

（イ）John Sees a Stork at Zamorra（1975）

（ロ）Agamemnon Class 1939（1977）

（ハ）The Brown Horse（1977）

（ニ）Miss Beatrice May Baker（1983）

これらはいずれも追憶の詩である。（イ）はマードック夫妻がスペインに旅行した時の情景を描いた作品である。（ロ）はマードックのオックスフォード大学在学中の授業風景を描いた作品である。（ハ）は旅行好きのマードックのアイルランド旅行中の出来事を描いた詩である。（ニ）はマードックが Badminton School に在学中の校長を偲んで書いた詩である。

（イ）については下記のような簡単な説明をしてくれた。

There is famous tapestry

At Zamorra, in Spain, and

A place of pilgrimage, to which

We came.

（ロ）に関してマードックは次のような手紙をくれた。

Frank Thompson and I in 1938-39.

Were in the class of Professor Eduard Fraenkel,

A very distinguished classical

Scholar, a Jewish refugee. His class famous, not everyone

Was allowed in!

(We were 12-15)

and to the

ancient greeks I was very very fond of Frank.. Later when his wife dead, Fraenkel at once on the same day, committed suicide.

He was a very good, dear and man..

マードックは（ハ）の体験の模様を次のように記している。

About Emma,

She is a daughter of a distinguished
Painter, Reynolds Stone (dead alas).
There are four children
two Girls, others boys, now all
Well grown up, all
Very talented in the arts.
In the poem she is about
Fifteen (it was written long Ago), in Ireland, where
We were traveling with the
Stone family, in a dark
Solitary place, when the
Horse came forward to
Greet us--- nothing
Around except
The marsh, the hills
(no sea or ships visible,
but near and very Irish!
I recall this very vividly. Emma
Is dear girl. She must now
Be thirty, or forty and has a talented husband and chidren.
I see her quite often. She
Too has artistic talent.
The horse, The whole scene
Was so lonely., and
So somehow dark.

（イ）と（ロ）と（ハ）については誰を偲んで書いたかはマードックの説明から明らかである。また Frank Thompson と共に楽しんだ授業内容も察せられる。

第1章　アイリス・マードックとの往復書簡　*11*

　（ロ）の Thompson Fraenkel さんは、オックスフォードで博識なギリシャ文化の研究家で学生の間で人気があり、毎年多くの学生が受講を希望していた。しかしクラスには人数制限があり、希望を叶えられるものは少なかった。幸いマードックは親友の Frank Tompson と共に受講を許可され、楽しく有意義な時間を過ごした。

　この詩は教授だけではなく親友フランクの追憶の詩である。彼女はフランクに関して We are very inimate friends. であったと述べている。

　（ハ）はマードックが学んだ中学校 Bdominton School の学校長 Beatrice Mat Baker さんの人柄と業績を称える詩である。同氏は世界情勢に明るい知識人で早くからヒットラーの全体主義を懸念し、大陸からユダヤ人難民の流出を心配し、彼等の子弟を自校に受け入れることを決定した。そのためバトミントン校の在校生は一般人よりも早く第二次世界大戦の勃発を予見出来た。マードックがユダヤ人に対して好意を抱いているのはこの事実が強く影響している。

　（イ）はマードックの夫ジョン・ベイリーさんのスペイン旅行中の姿を描いたものである。これについてマードックは手紙で次のように説明をしてくれた。

There is famous taprstry
at Zamorra, in Spain, and
a place of pilgrimages, to which
we came.

　この詩は2人が Zamorra を訪ねた時のベイリー氏の姿を生き生きと描いている。その姿をまざまざと直視しているように読者には感じられる。当然マードックは Zamorra の街角に立ってこの詩を書いたに違いないように思われる。この詩の最後の三行に着目したい。

On a black tapestry now

This gesture of joy
So absolutely you.

この black tapestry は教会の壁に吊るされているつづれ織ではなく、マードック自身の網膜である。彼女はそのようにコウノトリに夢中になっている夫の子供のような様子を永年目蓋に納めていたのである。これは彼女が記した A Brown Horse についての次の言葉と響きあうものである。

I recall this very vividly.

マードックは小説の創作について「自分は周囲の人々をモデルとしていることは全くない。作中人物の言葉、人格は彼女自身の想像力が生んだものである」と述べている。しかし詩の場合は彼女が愛した人物について彼女が感じたままを言葉にしている。小説はマードックのイマジネイションの所産であり、詩は彼女の率直な感受性が基礎になっている。彼女のイマジネイションの基盤は詩である。

『ジャクソンのジレンマ』の終末近くに次のような描写がある。この描写はアトルランドに於ける Emma の姿と Reynolds の平素の姿がもとになっている。

He was making for the stable. --- He hurried on to where Rex's head was visible, over the lower door of the stable. Bran ran forward and threw his arms round Rex's neck. The pony whinnied again as Bran rubbed his brow gently against the warm fur, then standing back and drawing, his hands down Rex's nose and over his wet black nostrils. They looked at each other, the boy and the pony, with their wild eyes, both young, both passionate, they looked at each other with amazement, and with passion and with love.

He called softly, "Spencer, Spencer," as he walked now to meet him, and in a sudden clumby embrace they met, Bran clutching at the great neck and seeking for the great head, as the horse leant down towards the boy.

Bran felt a strange feeling on his bare arms where a big strong tongue was licking him.

　マードックがJohn Bayley, Edurd Fraenkel Thompson, Beatrice May Baker さんに親愛の情や敬愛の気持ちを持っているのは当然のことである。しかし何故彼女がEmmaにあれほど愛慕の気持ちを抱いているのかは理解し難い。それはマードックがEmmaの父親、Reynolds Stoneに対して深い尊敬の気持ちを持っていたことと関係している。マードックとReynolds Stoneは *A Yaer of birds* という詩集の共同執筆者であることで知られている。二人の関係はそれだけではない。Stone家とBayley家は永年深い交流を続けていた。Bayley夫妻がStone家の邸に招待されたことはしばしばであった。マードックのReynoldsに対する気持ちを最もはっきり表しているものは1979年6月20日にSt James's churchで行われたReynolds Stoneの追悼慰霊祭での彼女の追悼文である。下記の文章はその追悼文の一節である。

　Reynolds's art is in the happiest sense traditional, while it is at the same time, like the man himself, quietly and strongly original and independent. We are constantly reminded of that untensity of imagination, precise, visionary and spiritual, which we associate with Thomas Bewick and Samuel Palmer. At the same time Reyolds's early interest and wxperience in printing, his admiration of Staley Morison, betokens a natural connection with the practicaland public world which he retainrd all his life. He combined in himself, with a certain special grace and perfection, the roles of artist and of craftsman. ……I think of him as a profoundly religious person, though I do not know and perhaps he never asked himself, what exactly he believed. As he belonged naturally in an English tradition, so he also belonged naturally in Christian tradition. Although he was a private home-keeping man, his art, as I have said, reached out into ordinary life with its lesson of simplicity, truthful imaginative vision, and pureness of heart. He has touched many people and will touch many more. We must be thankful for such a man, for the example of his life and the continuing joy of his work.

　このような Reynolds Stone はもしマードックがもう少し長命であったなら彼を讃える詩を書いていたであろう。マードックが 1939 年の Fraenkel Tompson 教授の授業風景を詩にしたのは授業後 38 年後の 1977 年であり、15 歳の Emma を詠ったのは旅行後 15 年以上後のことである。マードックは常に追憶の中で詩作している。それはマードックが長い間大切に慈しんできた宝の披露である。

Badominton School の校門

3. 若き日のアイリス・マードック The Fate of *The Dalisy Lee* と The Inchcape Rock との関係

　The Fate of *The Daisy Lee* は Iris Murdoch が 13 歳の時に書いた物語詩である。プロットは次の通りである。主人公は海賊船 *The Daisy Lee* 号の船長 Sir John である。折しも「デイジー・リー」号はある灯台の近くに差し掛かった。その灯台の灯台守の妻は彼の娘であった。理由は明らかにされていないが、ジョンは灯台守に憎しみを抱いていた。（彼の承諾なしに二人は結婚し

たのだろうか？それとも…？）結局、彼は砲撃を加え、灯台を崩壊させしまった。そして灯台守夫婦はがれきに埋もれ息絶えてしまった。それから幾歳月が経過した。その間も略奪を繰り返し、欲しいままの海賊暮らしを続けていたジョンは、ある夜、昔、灯台があった海域に再び差し掛かった。その夜は闇夜で風雨も荒かった。当然のことながら頼みの灯台の灯りはなく、進路を誤った彼は略奪品を満載した「デイジー・リー」号もろとも海底の藻屑となった。

　この詩から連想されるのは Robert Southey（1774-1843）の The Inchcape Rock である。サウジィーはこの詩を 1796-8 年に書き、1802 年に出版している。この詩も物語詩であるが、筋は The Fate of *The Daisy Lee* とほとんど同じである。違うのは海賊船の船長の名前が Sir John ではなくて Sir Ralph であること、その Ralph が破壊するのは「灯台」ではなくて暗礁の危険を警告する「鐘」であること、そして悲劇の舞台が前者では the Irish Sea であるのに、後者では the North Sea であるということだけである。

　マードックが The Fate of *The Daisy Lee* を書いた時、The Inchcape Rock をどれだけ意識していたかは分からない。もし彼女に直接尋ねたなら、いつものように「サウジィーは好きな詩人で、特に娘時代には愛読していたので無意識のうちに影響を受けていたかもしれません」という答えが返ってくるかもしれない。

　マードックは小学校時代、既に作家になることを夢見ていた。そしてその頃から折りにふれて「小説」を書いていた。特に「海賊」ものは得意であった。その頃のことを Ned Geeslin は次のように記している。

> By the time she was 9, Murdoch had decided to become a writer and was churning out "stories about pirates and other exciting things."
> Ned Geesli: "Iris Murdoch is Britain's Prolific First Lady of Fiction"
> 　　　　　　　　　(*People Weekly* 29.10 March14, 1988) p.126

　マードックが Robert L. Stevenson の冒険小説を愛読していたことは彼女自身認めている。それが彼女の「冒険小説」を書く上で刺激になったことは十分考えられる。そして The Inchcape Rock も同様の働きをはたしたかも知れ

ない。逆に The Fate of The Daisy Lee には我々が想像するより遥かに多くの背景があるのかも知れない。

　それはともかく、私としては、The Fate of The Daisy Lee を書くに際し、マードックが The Inchcape Rock をどれだけ意識していたかとか、あるいはこの詩からどれだけ影響をうけているかということを問題にするつもりはない。私が The Inchcape Rock を持ち出したのは、両者を比較することによってマードックの特質を浮き彫りにすることができると思ったからである。

　海賊船長の名前の違いはあまり意味がないのではなかろうか。また、悲劇の舞台の地理的相違もそれほど問題にすることではないように思われる。しかし Sir Ralph が破壊したのが、海の難所 The Inchcape Rock の近くに位置する Arbroath 大修道院（詩の中では Aberbrothock 大修道院）の修道院長が、航海の安全を願って、その岩礁に設置した「鐘」であるのに対して、Sir John が砲撃したのは、娘婿が守っている「灯台」であるのは興味深い。

　二人の海賊船長がそれぞれ「鐘」と「灯台」を何故破壊しようとしたのか詳しくは説明されていない。The Fate of The Daisy Lee では一言の説明もない。一方、The Inchcape Rock には、たった1行 "I'll plague the Abbot of Aberbrothock." と記されているだけである。二つの詩を読んだ読者は全く違った印象を受ける。即ち Sir Ralph の場合は説明不足にもかかわらず、読者は説明不足とは感じない。けれども Sir John の場合は読者は説明の足りなさに戸惑ってしまう。これをこの詩の欠点と言えないこともない。しかし読者はこの説明不足の故に想像力を刺激されるのも事実である。私は読者のイマジネイションを沸き立てるこの「説明の足りなさ」、というより「説明の欠如」をこの詩の欠陥というよりも最大の長所ではないかと思っている。

　もちろん、小説家マードックとなれば話は別である。彼女が同じテーマで小説を書くとしたら、ジョンにどのような言葉を言わせ、灯台守にどう反論させ、また娘に如何なる言葉を口にさせることであろうか？

　マードックは作中人物が生まれるプロセスについての "If your fictional characters are not based on real people, as they are for the most novelists, for example Hemingway and Lawrence, then how are your characters created?" という質問に答えて次のように語っている。

> I would abominate the idea of putting real people into a novel, not only because I think it's morally questionable, but also because I think it would be terribly dull. I don't want to make a photographic copy of somebody I know. I want to create somebody who never existed, and who is at the same time a plausible person. I think the characteristics gradually gather together. The first image of the character may be very shadowy; one vaguely knows that he is a good citizen or a religious sort of chap. Perhaps he's puritanical, or hedonistic, and so on. I must have some notion of the troubles he's going to be in and his relationship to the other characters. But the details on which the novel depends, the details of his appearance, his peculiarities, his idiosyncrasies, his other characteristics, his mode of being, will come later--- if one is lucky---and quite instinctively, because the more you see of a person the more a kind of coherance begins to evolve.　　　　　　　　　(*Paris Review* p.216-7 The Art of Fiction)

このような長い過程を経て生きた人物が生まれ、さらにそのような人物達の複雑な人間関係が生じ、物語性に富んだ人間模様が織り成されていく。マードックはそのような人間模様を Yarn という言葉を使って表現し、小説にエッセンシャルなものと考えている。

> It (=a good yarn) is one of the main charms of art form and its prime mode of exposition. A novel without a story must work very hard in other ways to be worth reading, and indeed to be read. Some of today's anti-story novels are too deliberately arcane. I think story is essential to the survival of the novel. A novel may be "difficult" but its story can carry and retain the reader who may understand in his own way, even remember and return. Storeis are a fundamental human form of thought.　　　　　B0160, *Paris Review*

4. John と私の内緒ごと

1995年の夏には私にとっては残念なことがひとつあった。実はアイリスの詩が Malcolm Williamson により symphonic song-cycle for soprano and orchesyra として作曲され、8月19日に Alison Hagley のソプラノで Royal

Albert Hall で披露されたのだが、うかつにも私はこの催しのことを忘れており、翌日の 20 日に Iris と John のお二人にお会いして知らされ、臍を噛んだのである。私の落胆ぶりを見ておられたお二人は A Year of Birds の詩とアイリスのサイン入りの当日のプログラムをくれて慰めてくれた。後になってそのプログラムを見て驚いた。John の筆跡で A few of the lines written by John と記してあったのである。

MALCOLM WILLIAMSON (born 1931)
A Year of Birds — *symphonic song-cycle for soprano and orchestra to poems of Iris Murdoch*
BBC commission: world premiere

I *Winter to Spring*
II *Spring to Summer*
III *Autumn to Winter*

For dear Yozo Muroya
August 20 1995
from Iris ✱

Alison Hagley *soprano*

For many years, when launching into a large-scale work, I have taken as companion one of Dame Iris Murdoch's masterly novels, pacing my reading to my composing. She and her husband, Professor John Bayley, have also been my close friends for years. However, I had never considered a collaboration until the best sort of commission came my way. When Sir John Drummond asked my publisher Simon Campion to offer me a Prom commission, Simon asked Sir John what nature the new work should assume. He said, 'Whatever Malcolm wishes to write'.

This freed me to turn in new directions. With earlier works, including opera and ballet, I had been examining in music (often in a Hegelian sense) human and superhuman problems — man to man, God to man, the death of God and the life of man. Iris, asserting that time is circular, poses questions in her work, and her answers are richer questions. Thus the twelve tiny poems, with their Reynolds Stone wood-engravings companions — one for each month — indicate cyclic time. One might say that January's inland seagull of the prologue is the phoenix of the December robin which is the epilogue — like the white vultures on the summer snows of Mount Kilimanjaro.

An earlier Prom commission, *Next Year in Jerusalem*, caused some murmurs of resentment, since I am a Jew of the spirit but not of race; but there is something sanifying about being resented. A few years later, when the Drummond commission came, it gave me the courage to telephone Iris to ask if I could set her cycle *A Year of Birds* to music. There was not a second's pause before the great lady replied, 'Yes — in fact yes in italics!'.

So I put pen to paper with excitement. Iris had been my reading companion during *Next Year in Jerusalem* with *A Word Child*. Now it was *The Good Apprentice*.

April Cantelo, for whom I have written all my soprano roles, lives, as does Iris, in Oxford. We gave the complete work a private performance there, albeit with piano. The pianist felt much happier after receiving the green light from the poet, herself a mezzo-soprano, and daughter of a fine soprano, Irene Murdoch, to whose memory the work is lovingly dedicated.

A Year of Birds is in three symphonic movements: *Winter to Spring*, *Spring to Summer* and *Autumn to Winter*, with four poems in each. Enfolded in the music, which (if it matters) is monothematic, are a prologue, epilogue, and, between the November and December songs, the autumn hurricane for the orchestra as I experienced it in 1987 when caught in a plane between New York and London.

A musical analysis can be as misleading as those from critics who persist in telling us that neither

マードックのサイン入りのプログラム

[A few of the ones written —John]

I WINTER TO SPRING

January
Inland seagulls never cry
Ai ai, ai ai,
Humbly in the winter trail
Behind the plough their kite tail,
Or ride transparent in the sky.
  Winter white they pass me by
  As pale as paper in the sky,
  Silent birds who never cry
  Arrogantly *ai ai.*

February
Burly at dawn as the bare high
Arch of the beech tree is defined
When the grey sky is pale and raw
With no last star,
Some twenty rooks sit with their tails aligned.
Shaggy their old nests in the blotched tree are.
Chat-chat they cry and stay,
Then to work fly away,
Black in the reddened day,
Caw-caw, caw-caw.

March
In dreadful light March evenings when the violets stain
And primrose pales the wood and trees are bare
And other happy birds do sing,
Our husky pairs of collared doves complain,
Never at ease.
Oh pretty lovers, does the spring
Now in your thoughtless blood so soon declare
That love is pain?

April
Moorhen shy and alert walking on a grass path
Long-legged among daffodils before the swallows.
Nothing to smell upon this chill air.
Over the pearly grass your early shadow follows.
How timidly in the dew there you peer about and start.
Rosy and yellow the April willow. Pain in the heart.

II SPRING TO SUMMER

May
Now in the park white cricketers and cuckoo calls.
How like confetti the wild cherry falls.
Cool buds of May still keep the rose concealed.
Hollow as a flute that cry across the field.

June
Black and white magpie from a Chinese picture
Flies slowly like a helicopter
On our midsummer frieze.
Night scarcely dims the daylight hours,
Long red transparent stems of roses arch with flowers
And with the curious clambering of bees.

July
Blackbird digging in the warm mown grass
Glancing about with an eye of glass,
Blackbird digging in the mown grass heap
How mechanical you look,
Flirting and glistening in agitation.
Quiet now yellow beak motionlessly listening
For tiny little things their doomed crepitation.

August
By the bleached shoulder of the motorway
The August traveller released to holiday
Sees suddenly a portent perched in air,
In meditation aloof near the lethal tarmac
The moveless flutter of the fragile kestrel.

September
Skies are a milder azure, night has a colder finger,
Bland the days linger but they are weary of summer,
And the warmth is quietly withdrawn from the long
   evenings.
The up-tailed wren precious invisibly piping,
Then moving like a mouse in the dusty hedgerow
Somehow reminds us that autumn has come already.

October
The October water is like glass and scarcely flows.
Beside the red tree the swan spreads a long wing.
Rose hips too are reflected in the stream
Where the bird's sudden movement has made no sound.

November
Little paws of shrewmice shudder
When flies the stooping owl over
Who shrieks to make his victim stir.
Soft wings beat up, sad tail hangs down,
In feathers sleeps the fur.

December
When the dark hawberries hang down and drip like blood
And the old man's beard has climbed up high in the wood
And the golden bracken has been broken by the snows
And Jesus Christ has come again to heal and pardon,
Then the little robin follows me through the garden,
In the dark days his breast is like a rose.

Poems by Iris Murdoch reproduced by arrangement with Campion Press. 'A Year of Birds', with Reynolds Stone's wood engravings, is published by Chatto and Windus

ジョン・ベイリー書名入の A year of Birds

第2章

アイリス・マードックと宮澤賢治の同質性
――両者を結びつける絆 Rabindranath Tagore――

1. アイリス・マードックと Rabindranath Tagore

マードックが東洋の文化や宗教に関心を抱いていることは広く認められている。彼女の作品には *The Nice and the Good* の Theodore Gray, *The Sea* の James Arrowby、など東洋、特にインドに憧れ、そこで生活した人物がしばしば描かれている。彼らは各作品を解釈する上で重要な存在であるが、彼ら自身の生活や体験の描写が謎めいていてマードックの意図が把握し難いところがある。Theodore と James は次のように描写されている。

> Theodore Gray
>   British civil servant who left India under a cloud of probable homosexuality. Theo recognizes the distance which separates the morally nice from the morally good and horrified by it. Theo turns toward the good with his decision to return to the Buddhist monastery after his mentor's death.
>   (*The Nice and the Good*, p.247)

> James Arrowby
>   Younger cousin of Charles; a general in the King's Royal Rifle Corps. A nearly good man who, as a Buddhist, is aware of the principle of unity in life. James displays mature spirituality, vision, and good judgement. Although he struggles to free himself from worldly attachments before his willed death and Dr. Tsang calls him an enlightened one, James'use of special powers of mental

concentration are his spiritual failure. For, as James says, "goodness is giving up power and acting upon the world negatively.

(*The Sea, The Sea*, p.236)

　このような記述の故にマードックはヒンズー教の信仰に共感しているとか、仏教に共鳴していると言われるが、それ以上詳しい説明は行われてこなかった。
　私自身は従来からマッドックはインドの詩人 Rabindranath Tagore の影響を強く受けているのではないかと推測していた。実際、マードックは Fact and Value という論文で二度、Tagore に言及している。

Schopenhauer's interest in Hindu and Buddhist mysticism may well have touched the young Wittgenstein, prompting for instance his attachment to *Rabindranath Tagore*, as well as his concept of 'the mystical' in *Tractatus* and *Notebooks*.　　Fact and Value (*Metaphysice as a Guile to Morals*, p.32)

When young, Wittgenstein liked the poetry of *Rabindranath Tagore* and even (Toulmin and Janik inform us) read some of it to a meeting of the Vienna Circle. I was also told (by a friend) that Wittgenstein was very fond of a play by *Tagore* called *The King of Dark Chamber*, a mystical Hindu morality play. Who is the real King, he who is handsome and powerful and decked with jewels, or he who is ragged and poor and plain? Conclusion: 'I am waiting with my all in the hope of losing everything.' Tagore now seems a poet 'of his period', but evidently conveyed to Wittgenstein something of 'the mystical'. Schopenhauer's excursions into Hinduism and Buddhism impressed him.　　(*Ibid*. p.51)

さらに Schopenhauer を論じた論文の中でも Tagore に触れている。

The Sermon on the Mount (Matthew5.40, 6.25, etc.) expresses the great truth in terms echoed by Buddha: 'throw everything away and become beggars'. (The command uttered by Tagore, which Wittgenstein put into practice.)

Schopenhauer (*Ibid*. p.69)

　マードックが 1940 年代後半に、Wittgenstein の影響が冷めやらぬケンブリッジ大学で哲学を研究していたことを考慮すれば、かなり若いころから

Tagoreの作品に目を向けていたと想像される。しかしこれはあくまでも印象に過ぎず、両者の類似性は偶然の所産である可能性もあり、影響関係を論じることは憚られた。

ところが2003年、この疑念を打ち消す事実が明らかになった。マードックは多くの人々に惜しまれながら1999年に亡くなったが、彼女は生前、膨大な書籍を読破していた。死後、マードックの膨大な蔵書はロンドンのKingston大学のAnne Rowe教授の努力で同大学に保管されることになった。私はその中にTagoreの下記の4作品が含まれていることを発見し、両者の影響関係が実在していたことを知るに至ったのである。彼女が所蔵していたのは下記の4点である。Tagoreには多くの著作があるが、これらの4点はその中でも特に重要なものであることを考えれば、マッドックのTagoreへの関心が並のものではなかったことが窺われる。

Gitanjali (*Song of Offerings*) (Macmillan, 1918)
The King of the Dark Chamber (Macmillan, 1914)
The Religion of Man (Unwin Books, 1975)
My Reminiscences (Papermac [Macmillan], 1991)

Gitanjali の英語版の初版が1912年、*The King of the Dark Chamber* の英語版の初版が1914年、*The Religion of Man* の英語版の初版が1931年、*My Reminiscences* の英語版の初版が1917年であるが、マードックが所蔵していた4作品の出版年を考慮すれば、マードックが *Gitanjali* と *The King of the Dark Chamber* を読んだのはケンブリッジ大学大学院に在学中かその前後のことであり、*The Religion of Man* を読んだのは1970年代後半で、*My Reminiscences* を読んだのは1990年代であると推察される。

以下ではマードックが確実に読んでいたと考えられるこれらのTagoreの4作品とマードックとの関連性について考察してみたい。

マードックは至上の価値あるものを「善」という言葉で表現している。同時に「善」について定義することは不可能であるとも述べている。（彼女が哲学的論文の執筆にとどまらず、文学活動に励んでいるのは定義不可能な「善」を造形しようとする努力の表れである。）それにもかかわらず彼女は哲学的論文 *Sovereignty of Good over Other Concepts* の中で「善」について、次のように述べている。

 善は、リアルな死や偶然やはかなさを受容することと結びついており、この受容を背景とすることによってのみ、われわれは徳の何たるかを完全に理解することができるのである。死の受容とは、われわれ自身が無であることを受容することであり、それは自己ではないものとの関わりに自動的に拍車をかけることである。善き人とは謙虚な人である。善き人は新カント派的ルシファとはまったく異なっており、むしろキェルケゴールの徴税人の方にはるかに近い人物である。謙虚は稀有で時流に逆行するものであり、しばしば捉えることの難しい徳である。その徳が本当に輝いている人に出会うのはきわめて稀であるが、そのような人物には自己という貧欲で願望的な触手がまったくないことに驚かされる。…謙虚な人は、自己を無と見なすが故に、他の事物をあるがままに見ることができるのであり、かれは、徳の無目的性とその独特の価値、そしてその要求の限りない拡がりを見るのである。

(『善の至高性』160-161頁)

マードックによればわれわれが生きている場は幻想の場所であり、善は自己ならざるものを見ようとする試み、すなわち有徳な意識の光の下に実在の世界を眺めそれに対応しようとする試みと結びついている。これが、哲学者が善の説明において常に頼ってきた超越性の観念の形而上学的な意味である。

 「善は超越的実在である」とは、徳が利己的な意識の覆いを突きぬけて実在の世界と結びつこうとする試みである、ということを意味するものである。（『善の至高性』145頁）

 私の議論における基本的な二つの仮定について簡単に述べておきたい。…私の仮定は、人間は本性上利己的であるということ、そして人間の生はいかなる外的なテロス（目的、到達点）ももたない、というものである。第一の仮定は証拠に照らして真であると思われる。…魂とは徹底して自己の利益を追求するように歴史的に決

第 2 章　アイリス・マードックと宮澤賢治の同質性―両者を結びつける絆 Rabindranath Tagore ―　　25

定されたひとつの個体なのである。…人間の生にはいかなる外的な到達点（テロス）もないという仮定は、その反対の立場と同様、論証の難しい見解であり、私はそれを主張するだけにとどめておきたい。人間の生を何か自己充足的なものではないとするような証拠を私は示すことができない、…われわれは、まさに見かけどおり、必然と偶然に左右され、束の間だけを生きている存在である。…われわれはただここに存在している。そしてもし人間の生に何らかの意味や統一性があるとすれば、またそれを求めようとする夢がわれわれにつきまとってやまないとすれば、それは何か別種の意味である。その種の意味は、人間経験の中にもとめられるべきであって、その外部には虚無しか残されていないのである。

（『善の至高性』122-124 頁）

Gitanjali は Tagore がノーベル賞を授与される根拠となった彼の代表的作品である。その中に下記のような部分が見られる。

　唱えたり、歌ったり、祈ったり、それは止めるがいい。扉をみな閉め切った寺院のその淋しい暗い片隅で、誰をおがんでいるというのか。目をそっと開けてごらん。神は目の前にはいないのだ。
　神のいますのは、農夫が固い土を耕している場所、道路工夫が石を砕いている場所だ。晴れた日も雨の日も、神は彼らの傍らにいて、着物は塵にまみれている。おまえもその法衣を脱ぎ、神に倣って塵芥の所に降りて来い。
　解脱だって？　解脱がどこにあるというのだ？　ご主人さまはご自身で創造界の束縛を喜んで身に受けられた。永久に私たちと結ばれている。
　おまえも瞑想から出て来い。花も香も捨てるがよい。着物が破れても構わないではないか。
　神に近づき、額に汗して骨折って、神に協力するがよい。

（11、ベンガル版 119 頁）

この詩は既成宗教の形式主義を批判し、現実生活の中に神を見いだす Tagore の宗教観を窺うための重要な詩のひとつである。

　私のものを少しだけ残して置いて下さい、あなたが私のすべてであると言えるように。
　私の意志を少しだけ残して置いて下さい、どちらを向いてもあなたを感じ、どんなものにおいてもあなたに近づき、どんな時にも私の愛をあなたに捧げることができるように。

私のものを少しだけ残して置いて下さい、あなたを隠すことが決してないように。
私の枷を少しだけ残して置いて下さい、それによって私はあなたの意志に結びつけられ、そしてあなたの目的が私の生命の中で実現されるように…そしてそれがあなたの愛の枷なのです。　　　　　　　　　　　（34、ベンガル版138頁）

　この部分は「私は身も心もすべてあなたに捧げるが、私があなたを愛することができるために必要なだけの私のもの、私の意志、私の束縛だけは、残しておいてください」という意味である。

私はあなたが神であると知って、離れているが…あなたが私の自我であることを知らず、近づこうともしない。私はあなたがわが父であると知って、あなたの足許に平伏すが…友としてあなたの手を取ろうともしない。
　あなたが降りてきて私の自我だと告げる場所に立ち、あなたを胸に抱きしめ、あなたを私の伴侶として受け入れようともしない。
　あなたは私の兄弟の中の兄弟であるが、私は自分の兄弟たちのことを顧みず、私の所得を彼らに分けてやらないので、すべてのものをあなたと分かち合うことにならない。
　楽しい時も苦しい時も、私は人々の側に立たないので、あなたの傍に立つことにはならない。私は自分の生命をすてることをためらうので、大いなる生命の海に身を投じることにならない。　　　　　　　　　　　（77、ベンガル版92頁）

私はあなたを知っているのだと言って人々に自慢した。人々は私のすべての作品にあなたの姿を見る。人々はやって来て、私にたずねる「あれは誰だ。」私は何と答えてよいかわからない。私は言う「じつはわからないんだ。」人々は私を責め、蔑んで立ち去る。それでもあなたは微笑んでじっとしている。
　私は忘れられないように歌にして、あなたについて物語る。私の胸から秘密が迸り出る。人々がやって来て私に訊ねる。「おまえの言うのはいったいどういう意味なのか。」私は何と答えてよいのかわからない。私は言う。「その意味はわからないんだ。」人々は微笑み、蔑み切って立ち去る。それでもあなたは微笑んでじっとしている。　　　　　　　　　　　　　　　　　　　　　　　　　　　　（102頁）

　前述の4点のTagoreの作品の中でマードックの作品との類似性を最も強く感じさせる作品は *The King of the Dark Chamber* である。
　The King of the Dark Chamber の登場人物シュドルションはある賢人の言

第2章　アイリス・マードックと宮澤賢治の同質性―両者を結びつける絆 Rabindranath Tagore ―　　27

葉に従い、「地上で並ぶ者とてないお方」である王様と結婚し王妃になる。しかし王は王妃のために建てた暗黒の部屋でのみ王妃と会うだけである。王妃と会うだけで正体を顕(あらわ)さない。シュドルションの「ひと目でもいいからお目にかかりたい」という願いにも、王は「そなたはわたしの姿には耐えられないだろう。見ても、ただ苦しく、きびしく、押しひしがれるだけだろう」と言って断る。

　The King of the Dark Chamber の王は、2場のト書きに「王はこの劇を通じて眼には見えない」と書かれているように、人前には姿を現さず、声だけが聞こえる。王は Tagore が詩の中で神と呼んでいる宇宙の究極的な真理のことである。王妃は The Dark Chamber に住んでいる王の姿を見たことはない。そのためひと目でもよいから明るみの中で王の姿を見たいと願っている。そこで王は、次のように王妃シュドルションに春の満月の祭りの日に群集の中に姿を現すことを仄めかす。

　　王「よろしい、わたしに会うようつとめてみるがよい。しかしなにもわたしだと告げ知らせはしないだろう。もしできるなら、自分一人でわたしだと分らねばならないのだ。それにたとえ誰かが、わたしをそなたに知らせるなどと言ったとしても、それがほんとうのことかどうか、どうして分ろう」
　　シュドルション「わたしはあなた様をやがて知り、あなた様だと分るようになるでしょう、いくらたくさんの人のなかでも、あなた様を見つけるようになるでしょう。わたしはけっして見誤りはいたしません」
　　王「よろしい。今夜のこの春の満月の祭りに、わたしの宮殿の高い塔の上から、わたしを見つけだすようやってみるがよい。そなた自身の眼で、大勢の国民のなかのわたしを探してみるがいい」
　　シュドルション「国民のなかに混じっていらっしゃるのですか」
　　王「国民の群集の、どんな場所にも、わたしは幾度も姿を見せるだろう…」
　　　　　　　　　　　　　　　　　　　　　　　　　　　　　　（II,76-77 頁）

　祭りの日には王を僭称する偽りの王が現れたり、悪の象徴である隣国の王の反乱が起こったり混乱するが、その混乱の中でシュドルションは我欲から開放され、己をむなしくして真理に接することの重要性を悟る。そして「あなた様の愛がわたくしのうちに住まっております。あなた様はその愛のなかに映って

おいでです。そしてあなた様のお顔がわたくしのうちに反射していることは、ごらんのとおりです。ああ、わたくしのものはなにもなく、すべてがあなた様のものです」と叫んで劇は終わる。

マードックの戯曲 The One Alone（1995 発刊）は母校バドミントン校の創設 100 周年を記念して書かれたものである。主人公は官憲に捕らえられ、牢獄に入れられている。獄中の主人公を訪れるものはおらず、彼は孤独に沈んでいる。そのような彼の前に二人の人物、尋問者と天使が前後して現れる。独房は主人公の自我を示し、天使と尋問者は彼の心の状況を示すものである。The King of the Dark Chamber の王が暗室の中で姿をみせずに語りかけるように、The One Alone の天使も姿を見せることはない。そして王と天使はまったく同じものを象徴している。The One Alone は内容のみならず形式の面でも The King of the Dark Chamber と非常に類似している。

Tagore は 1900 年代に多くの悲劇に見舞われた。1902 年には妻を失い、1903 年には次女を失っている。さらに 1905 年には父を、1907 年には次男を失っている。これは彼に精神的打撃となった。彼はシャンティニケトンに隠退し宗教的瞑想と執筆活動に専念するようになった。この時期の Tagore の作品は彼の優れた多くの作品の中でも特に重要なものである。そして Gitanjali に収められた詩や戯曲 The King of the Dark Chamber はこの時期に書かれた。

Tagore が My Reminiscences を書いたのは 1911 年、彼が 50 歳の誕生日を迎えようとしていたときである。この時期は彼の人生の苦難に満ちてはいたが、充実した段階を終え、次の新しい段階が始まろうとしていた時である。彼はそのことを自覚していたかのように My Reminiscences を書いた。彼はこの中で 25 歳に達するまでの少年時代、青年時代の体験を描いている。（Tagore は My Reminiscences が書かれたおよそ 30 年後、My Boyhood Days を書いている。両書の比較をしてみることは Tagore の解釈に役立つであろう。）

My Reminiscences は 8 つの章に構成され、家庭、教育、旅行、創作、友人、死などについて語られている。父 Debendranah は Rabindranath Tagore に大きな影響を与えた。この父子の関係は Iris Murdoch と父 Hughes との関係を彷彿させる。Iris は父の薦める書物を読んで文学的素養を身に付けていった

が、Rabindranath も同様であった。彼に大きな影響を与えたもうひとつの体験は旅行であった。彼は父に連れられていろいろな所に出かけたが、ヒマラヤへの旅は特にかけがえのないものであった。

> 杖を手にして私はしばしば峰から峰へさすらったが、父は反対しなかった。私は認めるが、父はその生涯の最後まで決して私たちの自主性をはばむことはなかった。私は何度も父の好みや意見に合わないことを言ったりしたものだ。一言で父はわたしを止めることができたけれど、彼は私が内部から自制するようになるのを待つ方を選んだ。受動的に正しさや妥当性を容認したのでは、父は満足しなかった。私たちが全霊で真実を愛することを望んだからだ。愛のない単なる黙認など、無意味だということを父は知っていたのだ。そして、たとえ横道にそれたとしても真実は再び見つけられるが、外側からの強制や盲目的な容認では、実質的には真実の道を閉ざしてしまうことも父は知っていたのである。　　　　　　　（79頁）

Tagore が旅で得たもうひとつの大切なことは民族を超えた人間観である。次の文章は彼がロンドンのスコット博士の家庭に滞在中のことを描いている。

> たちまちのうちに、私は家族の一員と同様になった。スコット夫人は私を息子として扱ってくれたし、彼女の娘たちから私の受けた心からの親切は、私自身の親戚から受けることさえ稀なほどのものだった。
> 　この家族の間で暮らしていた間に私が痛感した一事は、人間の性質はどこでも同一だということだった。インド人の妻の夫に対する献身は何か独自のもので、ヨーロッパでは見られないものだと、私たちは好んで言い、また私もそう信じてきた。しかし少なくとも私は、スコット夫人と理想的なインド人の妻との間に、なんの相違も見つけることができなかった。夫人は完全に夫の中に包み込まれていた。
> 　　　　　　　　　　　　　　　　　　　　　　　　　　（127-128頁）

Tagore は21歳の時、カルカッタのサッダー街に暮らしていた頃に、彼自身が「ある種の重大な革命」（165頁）と呼んでいる大きな変容が彼に生じた。この頃の Tagore は学業に失敗し父や兄たちの手前、家庭では肩身の狭い、窮屈な思いをしていた。カルカッタの体験は彼を窮地から救出した。

> ある日の午後遅く、私は私たちのジョラシャンコ邸のテラスを歩いていた。日没の輝きが、青白いたそがれと結びついて、近づいてくる夕暮れに一種特別に不思議

な魅力を与えているように思えた。隣の家の壁さえが、美しく輝いているようだった。私は怪しんだ…それは夕日の光の何かの魔術によって日常の世界からけちくさい覆いが持ち上げられたのかと。断じてそうではなかった！

　私は直ちに見ることができた。それは私の中に入ってきたあの夕暮れのせいであったことを。その影が私の自我を消し去ったのだった。昼の輝きの中で自我がのさばっている間は、私が見たすべてはそれとまじりあったり、それに隠されたりしていた。ところがいまは自我が背景にしりぞいたので、私は世界をその真実の姿で眺めることができたのだ。そしてその姿は、その中に何のくだらぬものもなく、美と喜びであふれていたのである。

……

　サッダー街のはずれと、向かいの自由学校の敷地の木々が、私達の家からは見えた。ある朝私はたまたまベランダに立ってその方角を見ていた。太陽がちょうどそれらの木々の葉の茂った梢をぬけて昇りつつあった。私が見つめ続けている間に、突然に私の眼から覆いが落ちたらしく、わたしは美の波と喜びを四方にあふれさせて、世界が不思議な光輝を浴びているのを見いだしたのだった。この光輝は一瞬にして私の心の上に積み重なっていた悲哀と意気消沈の壁をつき破って、それをこの普遍的な光でみたしたのである。まさにその日に詩『滝の目ざめ』が迸り出て、真実の滝のように流れ出たのだった。…こうして世界のどんな人間も事物も、私にとっては些末とも不快とも映じなくなったのである。

……

　私がバルコニーに立っていると、通行人のそれぞれの歩きぶりや姿や顔つきが、それが誰であろうと、すべて異常なまでにすばらしく見えた…宇宙の海の波の上をみんなが流れて過ぎてゆくように。子供の時から私はただ自分の眼だけで見ていたのに、いまや私は自分の意識全体で見始めたのだ。

……

　私はそれまでは一度も、人間の最もわずかな行為にもつねに伴う四肢や表情の動きに目をとめたことはなかったが、今は私はそれの多様さに呪縛されていて、それらにあらゆる瞬間に四方八方でぶつかるのだった。しかもそれらをそれぞれに分離したものとしてではなく、まさにこの瞬間に人間の世界…めいめいの家庭において、その千差万別の欲求や活動…を通じて進行している、あの驚くばかりに美しい、より大きな舞踏の部分として見たのである。

(『Tagore 著作集』第 10 巻、165-168 頁)

　この時の体験について Tagore は *The Religion of Man* の中で次のように語っている。

第2章　アイリス・マードックと宮澤賢治の同質性―両者を結びつける絆 Rabindranath Tagore ―

　　私が18歳のとき（これは Tgore の記憶違いである。実際は21歳のときである）、宗教体験の突然の春風がはじめてわたし生活に訪れ、わたしの記憶に精神的実在の直接の<u>ことづて</u>を残して通りすぎていった。ある日、朝早く太陽が樹の向こうから光線(ひかり)を放っているのを眺めながら立っていると、不意に、まるである古い霧がわたしの視界から一瞬にしてはれあがり、世界の表面にあたる朝のひかりが歓びの内面のかがやきを啓示しているかのように感じたのである。陳腐な日常性の目に見えない垂れ幕が、すべての物や人から取り除かれ、その物や人の究極的な意味がわたしの心のなかで強められた。これこそが美の明確化である。この経験で忘れられないのは、それのもつ人間的なメッセージであり、<u>わたしの意識が超個人的な人間世界へと突然ひろがった</u>（下線は筆者）ことである。この驚嘆の最初の日に書かれた詩は、「滝の目覚め」と名づけられた。氷に閉ざされて、孤独のうちにその精神がまどろんでいた滝が、太陽に触れて、自由な飛爆となってほとばしり、海との絶えまない合一という、果てしない犠牲のうちにその究極の安らぎを見いだす。

　　　　　　　　（『Tagore 著作集』人間の宗教（第6章）第7巻、81頁）

　下記の引用は Tagore が迸るような勢いで書いた「滝の目覚め」の究極の部分である。

　　　　今日　この朝　太陽の光が
　　どのように　わたしの　生命に入ってきたのか。
　　朝の小鳥の歌声が　どのように　洞窟の暗闇のなかに入ってきたのか…
　　おお　なぜか　わたしにはわからない。幾多の歳月をへたのちに
　　　　わたしの生命は　眠りから目覚めたのだ。
　　　　わたしの生命は　いま　眠りから目覚めたのだ。
　　ああ　大水が波立ち　たかまる。
　　ああ　生の憧憬を　生の情熱を
　　　　こころの言葉を語り告げ、
　　　　こころの調べを詩って聞かせよう。
　　生命をふんだんにほどこすほど　生命はますますほとばしり、
　　　　もはや　生命は尽きないだろう。
　　わたしには　語るべき多くの音場が　うたうべき多くの歌がある。
　　　　わたしの生命はありあまるほどだ。
　　わたしには　多くの歓喜が　多くの願望がある。
　　生命みち　恍惚としている。

これほどの歓喜はどこにあるだろう　これほどの美はどこにあるだろう。
　　　これほどのあそびはどこにあるだろう！
若さにうながされて　ほとばしり進もう。
　　　誰のもとへ行くのか　だれひとり知らない！
あくがれ果てしなく　希望は限りない。
わたしは　世界を見極めたい！
欲望が目覚め　世界をみたし
あふれんばかりに氾濫し　流出する。

今日　何が起こったのかは知らないがわたしの心は寝覚めている。
張るかな彼方から　広大な海の歌声をわたしは聞く…
「石の牢獄を打ち破れ　干からびた大地を水びたしにして。
森を緑でおおい、花々をすみやかに咲かせよ。
　　生命のすべてを注ぎこめ
　　大地のこころをなだめよ…
わが胸に　来る者を　来たらせよ！」と。　　　　　　　　　（「滝の目覚め」）

　「滝の目覚め」によって、その時の不思議な体験がどのような内容のものであったか、かなりの程度にイメージをうかべることができる。まず初めに、体験的現象として、地響きを立てて震動する山、転がり落ちる石、泡立つ波、咆哮する激しい怒り、というように、世界全体がはげしく震動、咆哮しているすがたが描かれる。同時にそれは、タゴール自身の情感として、今はじめて眠りから覚めた状態であり、歓喜と願望に満ちており、生命に充足した恍惚の世界である。しかしながら、これほどまでに歓喜に満ちている世界が、所は閉じ込められてしまっている。いくら悶えてももがいてもどうしても開かない。まさしく牢獄の扉である。「どうして創造主はこのように冷酷なのであろうか」ここに創造主が登場してくる。この創造主、すなわちブランマンこそ、タゴールの全生涯を貫いている願望であり、いのちそのものであり、それを実現しようとして休まない、まさにタゴール人生の軸心であるということができよう。

　この超越的体験がタゴールの生涯にわたる営みの出発点になると思われるがこの体験はどのような意味をもつのであろうか、それは哲学的であるのか、芸術的なのか、それとも宗教的であるのか。この体験は果たして宗教的といえるであろうか。すでにこの詩の中に「創造主」を承認し確信しており、後には「人間の宗教」という著作も出している。かつまた、かれの全生涯がブラフマンの悟得・実現に貫かれ

第2章　アイリス・マードックと宮澤賢治の同質性―両者を結びつける絆 Rabindranath Tagore ―　*33*

ていたことを思えば、確かに宗教的といえることは間違いない。しかしながらブッダやキリストの宗教的超越体験に比すればタゴールのそれは必ずしもそうではなかった。ブッダやキリストの超越体験は絶対者が自己自身に通徹するものであるのに対し、タゴールのそれは、自己に通徹するのではなく、自己を取り巻く全環境の超越的激動であり、芸術である。したがってかれの生涯を貫くものは、芸術的超越体験と呼ぶのが適切である。

　絶対的真理としてのブラフマンは、理性的に理解することは不可能であるが、ただそのなかに没入することによって実感することができる、という。その没入の方法が冥想に外ならない。タゴールはその冥想についてこう述べている。「冥想はある大いなる真理の真っ只中に入っていくのである。そしてついには、われわれの方が真理に所有されてしまう。…最高の真理は、われわれがそのなかに飛び込むことによってのみ真に悟得しうるものである。そしてわれわれの意識が真理のなかに完全にとけこんだとき、真理とはたんなる獲得物ではなく、われわれがそれと一体であることを知る。このように、冥想を通しわれわれの魂が至高の真理と真の関係を結んだとき、われわれのすべての活動、言葉、振舞いは真実なものとなる」

　われわれが自らの自我の深い意味に気づくのは、われわれが何か理想的な完全性を意識するとき、言いかえると、完全なるものへの内なる感受性、すなわち、われわれ自身の実在への高められた感受性をもたらしてくれる、ある美しい、あるいは荘厳な真実を意識するときである。このように、自我の深い意味に気づくことによって、人間の信仰…人間的な世界も含めて、完全なるものへの客観的な理想にたいしていだく信仰…がたとえ漠たるものであるにせよ、実質的に強化されるのである。<u>完全なるものへの人間のヴィジョンは、その人の意識が到達した成長の段階に応じて、美しくもなり醜くもなり、また鮮明にも不鮮明にもなるのである。しかし、その人の宗教上の教義の名称や特徴がどうであれ、人間性の完全さにいだく人びとの理想は、すべての個人のうちに流れるユニテーの絆にもとづくものであり、個人は人間的本質(パーソナリティー)のうちに永遠なるものを表現する至高の存在者において完成をみるのである。</u>　　　（『タゴール著作集』第7巻、131-132頁）（下線筆者）

前述したように少年タゴールは1873年、12歳の時に父に連れられて西ヒマラヤを旅行した。その時この地方で信じられていたヒンズー教の改革派のシーク教に共鳴した父の影響を受けながら旅を続けていた。父は在来のヒンズー教には飽き足らず、偶像崇拝や儀式偏重を排した無形な神性を尊ぶ―

神教を創始しようとしていた。ラビンドラナートはそのような父の影響を受け、形ある偶像の中にではなく、心の中に神を求める宗教観を持つに至った。Tagore はそれを次のような言葉で説明している。

> 　完全性は人間にあっては、二面性を有し、それはある程度まで分けることができる…すなわち存在の完全性と、行為の完全性がそれである。考えようでは、ある種の訓練や強制によって、個人的には善とはいえないような人間からも、善い仕事を強要できるかもしれないと考えることができる。臆病者が、たとえその危険に気づいていようとも、生命がけの冒険をともなうような行為をしばしばやってのけることがある。そうした仕事(はたらき)が有益なばあいもあり、またその仕事をやってのけた個人(ひと)が死んだ後までも、その成果が存続することもある。しかしながら、問題が有益かどうかといったことではなく、道徳的な完全性が問われるところでは、われわれが重要とみなすのは、個人の善性の真実(まこと)である。目に見える部分での人の善行は、さらに尊い果実を産みつづけるかもしれないが、人間の本質の内なる完成(パーソナリティー)はそれ自身限りない価値をもつ。その価値は、その人にとっては精神の自由であり、人類にとっては、われわれが気づいてはいないかもしれないが、無限の財産なのである。なぜなら<u>善性は、われわれの排他的な利己主義から離脱した精神の表れであり、善性において、われわれは自らを普遍的な人間性と一体化させるからである</u>。人間の善性の価値は、ただたんに、われわれの仲間にいくらか利するところがあるというだけではなく、「人間は個人的な情念や欲望に拘束されるたんなる動物ではなく、自由な完全性をもつ精神的な存在である」ことをわれわれのうちに実感させる、真実そのもののうちにあるのである。<u>善性とは、愛がそうであるように、人間の世界におけるわれわれの自我の解放である。われわれは世俗の義務(つとめ)のためではなく、あの精神の成就のために内なるものに忠実でなければならない…そしてその精神の成就は、完全なるものとの調和のうちに、言いかえると、永遠なるものとの合一(ユニティ)のうちにある</u>。
>
> 　　　　　　　　　　　　　　（第 7 巻、173-174 頁）（下線筆者）

　一般のキリスト者や西洋の思想家たちとタゴールと異なるところは、神と人間との愛の関係のみでなく、同時に神と自然、人間と自然との間の愛の関係ということをも強調したことである。タゴールは自然と人間との調和ということも繰り返し強調した…タゴールは晩年にちかづくにつれて、ますます仏陀にたいする尊敬の気持ちを募らせていった。そして仏教における「人間の宗教」(Manuser Dlharma) ともいうべき思想を高く評価した。だがそれは、進化

論による人間の優越性を意味するものでもなければ、排他的人間中心主義でもなかった。

2. 宮澤賢治と Rabindranath Tagore

マードックは彼女の最後の作品 *Jackson's Dilemma* で宮澤賢治と Iris Murdoch の同質性を理解するための糸口を与えてくれている。この小説の主人公 Jackson は宮澤賢治の詩「アメニモマケズ」で詠われているものを体現しているような人物である。(これらのジャクソンの言葉は「アメニモマケズ」の主人公を彷彿させる。) この事実から、これを立証する証拠は発見できなかったけれども、私は直感的に、賢治はインドの詩聖 Tagore の作品を鑑賞したことがあるのではないかと推測した。その理由は私は賢治は妹のトシを通して Tagore の影響を受けていたと感じていたからである。Tagore は 1916 年、1924 年、そして 1929 年に三度来日している (アメリカ訪問の途中に寄ったものを入れれば 5 回となる)。トシが通学していた日本女子大学の創始者であり、学長を務めていた成瀬仁蔵は Tagore の思想に共鳴して、1916 年の Tagore の最初の来日の折に日本女子大学に彼を招き、講演を依頼している。さらにその年の夏には、軽井沢にある大学の寮で瞑想の指導をしてもらっている。トシがその時の模様や Tagore の思想について賢治に語ったと言われている。山根知子氏は『宮沢賢治妹トシの拓いた道』の中で次のように記している。

> 日本女子大学での Tagore の講話を、当時家政学部 1 年であった賢治の妹のトシは、当然聴いていたと思われる。また軽井沢夏期寮で Tagore を迎えての修養会には、最上級生が対象であったため、トシは参加していないようであるが、その時の講話は、約二ヶ月後から日本女子大桜楓会の新聞「家庭週報」に分載されていることから、トシも読んで知り得たであろう。一方、賢治に関しては、当時盛岡高等農林学校の二年生であり、上京の機会も幾度かあったが、直接 Tagore の講演を聴くことはなかったと思われる。

しかし先に述べたように、賢治はトシと密接な交流をしており、当然 Tagore についてもトシより聞き及んでいたにちがいないし、賢治は求めるも

の多き時期であったから、1914（大正3）〜1916（大正5）年にかけて相次いで出版されたTagoreの作品及び研究書をいくらか読んでいたことは想像に難くない。実際「トシを介してのTagoreへの関心について、健在の賢治令弟清六氏にもたしかめたところ、強く肯定された」という報告もある。また賢治は農学校教師時代にWittgensteinaようにTagoreの詩を愛調し、生徒にも暗誦させていたといわれている。

一方、*Jackson's Dilemma* のUncle Tim 及び Mildred Smalden の描写によって、私のTagoreとマードックとの間には何らかの関連性があるのではないかという気持ちはますます強まっていった。Uncle Timはヒマラヤに憧れ、しばしばそこを訪れている。そして身内の人々に同行することを薦めている。

> Uncle Tim...was for Benet, and for others, a romantic and somewhat mysterious figure. He had been involved in 'various wars'. He had left the university without degree but had been (this much was known) a talented mathematician. He became, using this talent no doubt, an engineer, and somewhat thereby came in contact with India, where he then spent much of his life, returning at intervals to England....
>
> Nobody quite discovered what Uncle Tim did in India, after his war, except perhaps building bridges. Perhaps they simply did not ask him; even Benet, who adored him, did not ask him until late in his life when Tim gave him what sometimes seemed to Benet strange answers. Pat used to say that his brother had 'gone native'. <u>Uncle Tim more than once asked his family to visit India and to see the Himalayas. Benet longed to go</u> but Pat always refused.
>
> （*Jackson's Dilemma*, pp.8-9）（下線は筆者）

また、Tagoreは父のDebendranadthにマハシリへ連れられて各地を旅している。12歳のときには一カ月間アムリッツアルに滞在し、ヒマラヤ山麓を巡り歩き、自然の雄大な美しさに触れる機会に恵まれた。その時の気持ちをTagoreは「わが回想」で次のように述べている。

> 私たちはアムリッツアルに一カ月滞在して、4月の半ばごろにダールハウジー丘陵へ出かけた。アムリッツアルでの最後の二、三日は、いつまでも過ぎて行くこと

第 2 章　アイリス・マードックと宮澤賢治の同質性——両者を結びつける絆 Rabindranath Tagore —　37

がないように思えた。ヒマラヤの呼び声はそれほど私には強烈だったのだ。ジャンパンに乗って登っていくと、段々になった山腹は花開いた春の作物の美しさで、すべて燃えあがっていた。…私の瞳は日がな一日休むことがなく、何かを見逃しはしないかととても恐れていた。山峡へ道が曲がると、いたるところに巨大な森の樹々が密生していた。また木陰には小さな滝がしたたり落ちて、瞑想にふける白髪の賢人たちの足元で遊ぶ、人里離れた庵の小さな娘のように、黒ずんだ苔でおおわれた岩の上をさらさらと流れていく。…ああなぜ、あのような場所をあとにしなければならなかったのだろう。私の心は渇望して叫んだ。なぜ私たちはそこに永遠にとどまることができないのか、と。　　　　　（『Tagore 著作集』第 10 巻、76 頁）

　Uncle Tim のヒマラヤへの憧憬にはこの時の Tagore の気持ちに通じるものが感じられる。
　Mildred は、次の描写が示すように、独特の宗教観を持っている。

> Mildred was now beginning a little to wish that she had gone to India after all. Why had she so suddenly cancelled that journey, made void those tickets? She had held so attentively in her mind so many pictures of that future, she saw herself moving humbly among the barefoot poor, the starving, dressed in a stained and dusty sari. Women whom she had known were *out* there, <u>Mildred had had no doubt that she would soon be among them and among innumerable others. Christians, Buddhists, Hindus, Muslims, servants of God or of gods. Was that not something ultimate? Not just busily, efficiently, to feed the poor, but to do so in humility, out of love, out of deep spiritual belief, as *servants*.</u> Sitting, kneeling, upon ground, in dust. There where she had wished to be and now would never be. What *now* could she do, what great worthy thing, what profound humility could she achieve, which was not itself an act of pride and self-satisfaction? Well, do I want to be a *saint*, she thought. That way is a mystery, a long long servitude, a complete loss of self, utterly new being, a cloud of unknowing....
> 　Coming back in the afternoon in a less crowded train Mildred makes her way, as often, to the British Museum, going to the Indian Gallery. Here she goes first to the god Shiva to whom she bows, and to Parvati his wife who is also the river Ganges, how gently he turns to his dear wife with whom Mildred identifies. Now Shiva, a snake about one arm, dances, he has become Shiva Nataraja, four-armed dancer in a circle of fire. The god Krishna, also he dances,

avatar of Vishunu, guide of Arjuna, yet still a cowherd god who plays the flute and dances with the milkmaids, his divine power convincing each one that she is the only object of his love. His flute he plays, this dark-skinned ancient being from the past of time. He saves his followers, an adolescent with a tiger-claw necklace, lifting up a mountain, He dances upon the opened hood of the royal cobra Nagas, Kala Nag. Mildred dreams of glowing birds flying in darkness, of cobras stretching out their hoods, and dear Ganesh, and dear Ganga, Ganges. Buddha incarnate in Vishnu. So Shiva with Parvati, Shiva dancing in a wheel of fire, Krishna with his milkmaids giving himself to each.

She had not discussed 'worship of idols' with Lucas, She felt, emanating form the images, these live beings, a profound warmth of passion, of love, that of the gods themselves but also of their numberless worshippers. In India, at every street corner, the god with garlands round his neck. This was religion, the giving away of oneself, the realization of how small, like to a grain of dust, one was in the vast misery of the world…and yet how vast the power of goodness, of love, 1ike a great cloud, lifting one up out of the meanness, the deadliness, of the miserable ego. Worship. Ecstasy. These gods…and animals, Shiva with snakes about his neck. Snakes. Kala Nag. Worms, tiny creatures, she picks up off pavements and lays carefully in gardens. Innumerable beings. Shiva with his delicate uplifted hand, smiling upon Parvati, while round about them whirl creature innumerable, The Ganges, the Thames, Mildred with tears in her eyes, turning away. What chaos, what suffering, such passion, such love, such infinity, she felt faint, she might fall to the ground. These gods…*and Christ upon His Cross.*　　　　　　　　　　　(*Ibid.* pp.206-207)（下線は筆者）

特定の宗派に捉われない Mildred の立場は Tagore の Gitanjali の下記の詩を想起させる。

　　　　来たれアーリア人よ　来たれ　非アーリア人よ
　　　　　ヒンドウー教徒よ　イスラム教徒よ！
　　　　来たれ　来たれ　今は英国人よ！
　　　　　来たれ　来たれ　キリスト教徒よ！
　　　　来たれ　バラモンよ！　心清くして　すべての人の手を取れ
　　　　来たれ　虐げられた人よ！
　　　　　すべての侮辱のかせは　とりはずされよ！

母の祭りに　急ぎ来たれ
　　すべての人に触れられ　浄められた　岸辺の水で
　　吉祥の水瓶が　まだ満たされてないのだ
　　今　インドの人類の　海の岸辺に！

この詩はまたマードックの『善の至高性』の次の一節を想起させる

> 自己管理された自然の享受は何か強制的なものに思われる。まったく異質で無目的な動物や鳥や石や樹木の独立した存在の中にこそ、われわれは自然で適切な自己忘却的快を得るのである。　　　　　　（『善の至高性』132-133 頁）

3. 宮澤賢治とアイリス・マードック

　マードックは小説でも「善」を描こうと努力している。*Jackson's Dilemma* がその集大成であると言える。前述したように *Jackson's Dilemma* は解釈するのが難しい作品である。そのためアルツハイマーに犯され始めた作家のたわごとであると酷評する批評家さえ出る始末であった。確かに主要な作中人物 Jackson は奇妙な人物である。その奇妙さをもっとも良く示すもののひとつとしては、次の Jackson と Benet の対話をあげることができる。

> There was a moment of silence. Then Benet said, 'What is your name?'
> The man answered promptly. 'Jackson.'
> 'What is your other name, your first name?'
> 'I have no other name.'
> 'Where do you come from?'
> After a brief hesitation the man replied, 'The south.'
> 'Where do you live now?'
> 'Oh...in many places...'　　　　　　　（*Jackson's Dilemma*, p.84）

　名前を尋ねられて苗字しかないというのは不可解であるし、出身地を問われて、南のほうですとだけしか言わないのも奇妙である。現住所を訊かれて、いろいろな場所ですとなぞのような応答をしている。まともな人物とは思われない。Jackson は一体いかなる存在なのか？

東ニ病気ノコドモアレバ
行ッテ看病シテヤリ
西ニツカレタ母アレバ
行ッテソノ稲ノ束ヲ負イ
南ニ死ニサウナ人アレバ
行ッテコワガラナクテモイ、トイヒ
北ニケンクワヤソショウガアレバ
ツマラナイカラヤメロトイヒ
ヒデリノトキハナミダヲナガシ
サムサノナツハオロオロアルキ
ミンナニデクノボートヨバレ
ホメラレモセズ
クニモサレズ
サウイフモノニワタシハナリタイ

　マードックの最後の作品 *Jackson's Dilemma* の主人公 Jackson は「雨ニモマケズ」で詠われている人物そのものと言える。彼の周囲には病気になりそうな人、死にそうな人、疲れた人、涙を流している人、おろおろしている人が溢れている。彼はそのような人を見つけると、ひたすらその人達を慰め励ますように努める。しかし彼は誤解を受け人から非難され、デクノボーのように扱われることもあるが、毀誉褒貶には無関心である。

　宮澤賢治とマードックはそれぞれ体験から人生観、世界観を形成していった。賢治の思想の基盤は法華経、キリスト教、ヒンズー教であると理解されている。マードックの基盤はキリスト教、プラトニズム、仏教、ヒンズー教であると考えられている。しかし両者の際立った特色は相対立する哲学思想や宗教を包含しているところにある。宮澤賢治もマードックも独自の努力によってそのような思想的高みに到達したのであるが、それを促した人物として Tagore は重要な存在である。マードックは既成の宗教の形骸化をしばしば批判している。真の信仰は人間の魂の中にあり、自我の否定がその根本であると説いている。

第3章

マードック・カントリー訪問

　私がマードック・カントリーを訪問するようになったのは作品 *The Unicorn* を通してであった。マードックからはじめて頂いた手紙で、あの *The Unicorn* の風変わりした舞台は Ireland の Clear 州であることを知らされてロンドンから直行した。その時の体験と知識をもとに書いたのが Marie Ruadh 伝説と *The Unicorn* である。

1. Marie Ruadh 伝説と *The Unicorn*

I

　これ以後私はいろいろな作品の舞台となっている地域を訪問するようになった。未だに念頭にありながら未訪問なのは *The Bell* の Imber Cort である。それがどこであるか突き止めることは出来なかった。Imber Cort という地名が Wiltshire 州にあり、私ははるばる訪ねてみたが、そこの湖は埋め立てられ陸軍の演習地になっていて私の期待は裏切られてしまった。しかし幸い Peter Conradi 教授の伝記 *Iris Murdoch A Life* の中に Imber Cort は Kent 州にある Malling Abess であることが明瞭に示されている。マードックは第一次世界大戦の後、恋人の Frank Tompson を失うなど精神的ショックが大きく神への信仰を強めた時期があった。その折、ある牧師の忠告に従い、Malling Abbey を訪ねている。

Despite 'nostalgia for the exteme Left', Iris felt positively drawn towards Anglo-Catolicism. Between 3and 9 October 1946 she made her first visit to Malling Abbey in Kent, and to Dame Magdalence Mary Euan-Smith, its notable Abbess, Malling is an Anglican Benedictine community and abbey together, originally found in 1090, refoundedafter 1916. The visit was the first of three. THe Abbess had a reputation of being good with difficult cases.

Abbeyの構造は次のようなものであった。

Gests to Malling Abbey live in a seperate building within the ground, have their own room, keep silence after Compline at 9 pm. until 10.30 the following morning, attend the Mass and foutte3nth- century pilgrim chapel in tje gatehouse for prayers readings or talk, and they help in the spacious gardens. The guest chapel abutted transept where the nuns prayed at a right angle, so that the nuns could be heard but not seen, Much of this was borrowed wholesale for The Bell.

この修道院をいつかは訪ねてみたいと考えている。

Ⅱ

"How far away is it?"[1]

Robert Scholesも指摘しているように[2]、*The Unicorn*の冒頭のこの言葉は読者に数々の疑問を起こさせる。

  (a) What is it?
  (b) Who is asking?
  (c) Why does he (or she) want to know?
  (d) Who is he (or she) asking?
  (e) Does he (or she) intend to go there?

(f) Can he (or she) get there?
　(g) How?
　(h) What will he (or she) find there?

　これらの疑問のほとんどは、遅かれ早かれ、いずれ読者に明らかになってくる。たとえば、この冒頭の質問を発しているのは Marian という若い女性で、家庭教師として Gaze Castle という人里離れた邸に赴こうとしていることなどである。もっとも彼女が実際に頼まれるのは家庭教師ではなくて、Hannah という名前の女性の companion 役であるが、いずれにせよ、この小説の面白さは、この"How far away is it?"という問いから連鎖反応的に生じてくる諸々の疑問に対する謎解きにある。読者の頭の中で繰り返されるそのような問答は、単に面白いというだけではなく、この作品を解釈する上で非常に重要なものである。ところで、次々に生じてくる疑問の中で読者が最後まで、明確な解答を容易に得ることが出来ないものがいくつかある。Hannah はこの作品の中心人物であり、当然、作者はこの Hannah という人物を通して多くのことを語ろうとしているはずで、その解釈が困難なのもまた、当然といわなければならない。しかし、それにしてもこの Hannah には余りにも不明瞭な点が多い。Hannah 自身、"A hand stretched out from the real world went through me as a paper."[3] と述べているが、この女主人公の identity は謎に包まれていて把握し難い。

　さて、マードックの場合、その作品なり作中人物なりの解釈が困難なのは、その作品のテーマの深遠さや、作中に於ける各人物の立場の微妙さにもよるが、一方、マードックは各方面の深くて巾広い素養を身につけており、これらを各作品で縦横に駆使しているからである。
　たとえば、処女作 Under the Net と Samuel Beckett の小説、特に Murphy 及び Watt との関連性は深いし、最新作 The Black Prince と Hamlet との関連性も誰しも否定し得ないであろう。事実、マードック自身、前者の関連について、W. K. Rose との対談で次のように語っている。

Iris Murdoch: Yes, I have had this interest. But speaking of contemporary writers, I have in fact been influenced, at least in my earlier work by two contemporary writers whom I'm very fond of — Raymond Queneau and Samuel Beckett. I knew about Beckett long before anybody'd ever heard of him. I'm an old, old Beckett fan.

Rose: Of the novels or the plays or both?

Iris Murdoch: Of the novels, particularly those in English. I think it was a great tragedy that Beckett stopped writing in English. He's a marvellous master of English, and it's slightly different in French. It's marvelous but doesn't seem to me quite so good.

Rose: Was it Beckett's language or the whole thing that attracted you?

Iris Murdoch: The whole thing really. *Murphy* and *Watt*--articularly *Murphy*. It's a kind of ancestor of Under the Net.[4]

また後者の関連性については、それは意図的になされたものであると筆者に直接語ってくれもしたし、その後 *The Black Prince* に関する細部にわたる質問に対して返事をよこしてくれもしている。その一部を紹介すると次のようなものである。

> Thank you so much for your kind & encouraging letter.
> I think the repetitions you quote from BP are all intentional.
> About Ireland — I am so glad you are going! I am sure you will love it. For Unicorn, only the Burren & the cliffs of Moher are important — no other places especially correspond to places in the book.

第3章 マードック・カントリー訪問 45

> If you are in Dublin you might
> visit Dun Laoghaire, ∧ where a lot of
>   *o Sandycove*
> the action of The <u>Red & the Green</u>
> takes place. And it is a lovely
> region.

　Thank you so much for your kind and encouraging letter. I think the repetitions you quote from B P (The Black Prince) are all intentional. About Ireland I am so glad you are going! I am sure you will love it. For *The Unicorn*, only the Burren and the cliffs of Moher are important ---no other places especially correspond to places in the book. If you are in Dublin you maybe visit Dun Laoghaire and Sandycove where a lot of action of *The Red and the Green* takes place. And it is a lovely region.[5]

　ところで多くの場合、逆説的だが、その作品なり、人物なりの背景にあるものを理解すると、その解釈にかなり役立つものである。
　The Unicorn の場合、その題名からも知れるように、中世の一角獣の伝説が下敷きになっていることは明らかである。一角獣は凶悪な獣で馬のような胴、鹿とも馬ともつかぬような頭、ライオンのような尾を持ち、牛に似た低い声で鳴くという。また、螺旋形の溝のある真黒な角が一本、額の真中に突立っており、そ

の角に力をすべて貯え、自由自在にあやつったと言われている。そしてこの獣は激しく追いつめられると、高い崖の上から角を下に向けて真逆さまに身を投げ出し、しかも角はいかに高い所から落下しても、どんなに堅い岩に突き当ろうとも、びくともせず、一角獣はやがてその角を引き抜き悠然と立去って行くとも伝えられている。しかし、伝説によると人々は、ついに一角獣を退治する方法を発見した。彼等は一角獣が純潔と無邪気を愛することを知ったのである。そこで彼等は、若く美しい乙女を一角獣の通る所に連れて行った。一角獣はこの清らかな乙女を見ると、うやうやしく近づいてきて、乙女のひざに頭をのせて眠ってしまったのである。その時、乙女の合図で人々がやって来て、この獣を捕えたという。

　我々は、この作品を理解するためには、少くともこのような一角獣の symbolical な意味をまず理解する必要があるであろう。しかし、この不思議な獣についての理解は、必ずしも、この作品の持つ謎を解明してはくれない。

　また、*The Unicorn* には有名な *Sleeping Beauty* の枠組が重ね合わされていることも明らかである。しかし、この美しい姫と勇気ある王子の物語もなにがしかの役には立っても、作品の理解、殊に Hannah の解明には無力で、むしろその謎性を一層強めさえする。もちろん、これらを拠り所に、ある程度の解釈は可能である[6]。しかし依然として、今ひとつ釈然としないものが残るのである。*The Unicorn* はマードックの作品の中でもいろいろな意味で非常にユニークなものであるが、作品の背景が明らかになればなるほど、ますますその解釈が難しくなるという点でも特異であると言えよう。Effingham は Hannah に関して 'Anyway, that remains a mystery. And I suppose it is our last tribute to her to let it remain a mystery.'[7] と言っているが、我々はこの作品に関して、その解釈の難しさのために Effingham と同じ言葉を口にしたい誘惑すら覚える。しかし、その誘惑を退けて、いま一度この作品の back ground について考察してみたい。

III

IrelandのClare州の北部にThe Burrenと呼ばれるところがある。The Burrenとはこの地方の言葉でGreat Rockとかlimestone desertを意味するのだが[8]、このlimestoneの台地が小説 The Unicorn の舞台なのである。上で示したマードックの手紙にも明記されているが、このことは、女史が直接筆者に次のようなメモを書いてくれながら語ってくれたところである[9]。

Unicorn　　　Gounty Clare
　　　　　　Eire
　　　　　　Cliffs of Moher
　　　　　　The Burren（Limestone area）

Gerald O'ConnellはこのThe Burrenを次のように紹介している。

    The Burren (Great Rock) is a plateau occupying an area of over one hundred square miles in north Clare. It rises in the south from the foot-hills above Killinaboy and Kilfenora, is bounded on the east by the Gortaclare mountains and is contained in the west by the Atlantic Ocean. Its highest peak, Slieve Elva (1,134 feet), overlooks Galway Bay and the Aran Islands. It is an area of scenic attractions—wild and lonely but picturesque—where the clear light, reflected from the stone-grey hills, seems to radiate an air of timelessness, which is made more realistic by the presence of many prehistoric remains that dot the fields and the valleys beneath.

    Stone age country indeed! Here are the unfolding layers of limestone forming terraces on the slopes of Glasgeivnagh Hill--a limestone desert but with a quick-changing landscape. Within a few miles may be seen verdant valleys, bright, green hills thick with hazelland bramble, while the grey heights are relieved by streaks of coloured vegetation contained in the fissures and rock joints.

The passing tourist may wish to drive through this pleasant countryside and enjoy its wonderful scenery. The geologist and botanist may choose to stay and walk over the rock strewn fields-- "all rugged and rough and clear and lone" --and wonder at such unique formations, where the cream-coloured, rock-rose, budding from niches between the stones, is a familiar sight. The artist too will be struck by the wonderful, rosy lights and deep shadows of its weird and desolate hills, and their outlook over Galway Bay and the Aran Islands, forming endless attractions both artistic and scientific.

The antiquarian and archaeologist have even more to see and admire: the early seventeenth-century castle at Lemaneagh; the beautiful Romanesque oratory at Templecronan; the megalithic tombs at Parknabinnia; the High Crosses at Kilfenora, and the lonely Mass-rock at Clooncoose. The Burren is a fascinating region bidding a call from Slieve na Glasha and Mullagh More to scramble over its lonely heights and, to those who wish to see Nature's even greater showpieces, offers the stalactites in the underground caves near Ballynalacken.

The beauties of the Burren, then, seem to grow upon the mind, and even freshen as one explores its valleys and lovely uplands.[10]

この O'Connell の説明は、簡潔ながら The Burren の様子を実によく示している。そして我々は、この説明文のどれひとつを取上げても、*The Unicorn* の The Scurren の描写を連想しないわけにはいかないであろう。

さて、The Burren にあるいろいろな興味深い存在の中でも *The Unicorn* との関連で特に重要なものは Ballynalacken castle, Lemaneagh castle (Leamanagh とも綴られる) とそれぞれ呼ばれている二つの邸である。Murdoch 自身は *The Unicorn* の舞台に関して The Scurren のモデルは The Burren であるということ、そして作品の中で 'the great cliffs of black sandstone'[11] を描写されている絶壁は、高さが 700 フィートもあるといわれる有名な the Cliffs of Moher であると

第3章　マードック・カントリー訪問　49

いうこと以外は、それ以上詳細には説明していない。

>Three miles north-west of Liscannor, are one of the outstanding coastal features of County Clare. This great 'wall of Thomond' (consists of horizontal beds of millstone, grit and sandstone) stretches for nearly 5 miles, from Hag's head (440 feet) to O'Brien's tower, where they attain a height of nearly 700 feet.
>　The usual point of viewing the cliffs is near O'Brien's tower and a signpost at the roadside directs the visitor to the cliff edge, viewing platform and car park. There is a safety wall of upright flagstones for a considerable distance along the cliffs.
>　O'Brien's tower was built by Cornelius ('Corney') O'Brien in 1835-a circular castle-like strucure-as a viewpoint for the cliffs. This O'Brien 'who built everything around here except the Cliffs of Moher', was a noted (or notorious!) landowner and M.P. who resided at Birchfield near Liscannor (the house is now in ruins).
>　On the roadside near the very pretty St. Brigid's well is the O'Brien monument-a tall pillar erected in 1853 by public subscription. O'Brien actually ordered its erection and directed his tenants to 'foot the bill'. He died in 1857. The fine flag-stones available in this district have been extensively used in farm buildings and walls.
>　Many outhouses can also be seen, roofed with these flagstones as well as built of them.[12]

これは、その the Cliffs of Moher の説明である。

ところで、マードック自身は、特に意識してはいなかったにせよ、作品の中に描かれているものと、The Burren に存在する景色とがしばしば符合する。たとえば、作品で 'the twists and turns of a steeply descending road'[13] と描かれているものは、おそらく Corkscrew Hill と呼ばれているいわゆる「百曲り道路」に違いない。これはほんの一例である

Moher の景色

が、Murdoch は女史一流の描写力で、無意識のうちにそれらを再現したのである。

　上記の Ballynalacken castle もそれらの一つであり、作品中の Gaze castle のモデルであることはほぼ間違いない。この邸は Lisdoonvarna の北西、凡そ3マイルのところにある15世紀に建てられた邸で小高い丘の上にそそり立ち、壁は苔むし、つる草におおわれ、屋根は朽ち果てており、いかにも神秘的である。この邸のすぐ近くに、これより3世紀遅れて18世紀に建てられ、19世紀になって建て直されたという、もう一つの邸が立っている。こちらは現在、夏のシーズン中のみ開放されるホテルとして使用されているが、正確に言うならこちらが Gaze castle の本当のモデルなのである。この邸は Gaze castle と同じく、'the local limestone' で作られ 'tall thin windows' 等々もある。('a crenellated façad' は古い方の邸にある。) また、門から邸の玄関までは作品中で 'The uneven gravel track, devastated by rain and weeds, wound away to the left, circling upward the house. …The track turned again and the house was near.[14]' と描かれている曲折した径もあり、雑草の生い茂った庭には、この広大な The Burren 中でもこの一本だけという非常に珍らしい樹である 'a monkey puzzle' が不気味な様子で立っている。土地のガイドブックには次のように Ballynalacken castle は説明されている。

> Three miles to the north-west of Lisdoonvarna, the great limestone plateau of the Burren falls in abrupt terraces to the sea. On a spur of limestone above a dry valley stands the well-preserved Ballynalacken castle, a fine fifteenth-century building. The tower of the castle is in very perfect condition and the plateau top is defended by a wall to form a bawn or enclosure. It was held, with many others, by Teige McMurrough O'Brien in 1584 and at the petition of Daniel O'Brien of Dough in 1654 was spared from destruction by the Commissioners for dismantling castles. The lands passed to a Captain Hamilton under the Act of Settlement in 1667. The adjoining house (now a hotel) was once the residence of John O'Brien, M.P. for Limerick. He was the father of Lord Peter O'Brien of Kilfenora, better known as 'Peter the Packer' -from his engaging habit of using packed juries to ensure convictions. Lord

Peter was born at Carnelly when his father was in residence at Ballynalacken in 1842.[15]

文中にある自分の都合のいいように juries を選んだという 'Peter the Packer' と Hannah の夫 Peter Crean-Smith と何か関係がありそうであるが、今はそれに触れる余裕はない。

さて Ballynalacken castle がこのように地理的意味で Gaze castle のモデルであるとするなら、これとは対照的に、その邸にまつわる歴史の故に、そのモデルと目されるものが Lemaneagh castle である。そしてその歴史とは、有名な伝説的人物 Marie Ruadh McMahon (Marie Ni Mahon とも言われる) にまつわるものである。Clare 州の州都 Ennis で入手したパンフレットには次のような記述がある。

　　Newcomers to Burren often say that their real introduction to the barony came when they first saw Lemenagh Castle, stronghold of the O'Briens. North of it is all the Burren stands for and around it hangs a cloak of history, tragedy and romance. The Peel Tower of Lemenagh dates from the 14th century; The Tudor house was built in the 1640's by "Conor O'Brien and his wife Marie Ruadh". Many, many armies have marched from the castle where three roads meet: "down the stone road to Cortinne". Not all were loyal Irishmen. But Conor O'Brien, Killed in 1651 at Inchicronan fighting against the English l.a.d. a clean record. Most people have heard of Marie Ruadh: how she rode to Limerick after her husband's death and at the English camp proposed to marry any English officer who cared (or dared) to offer his hand. Thus she retained her lands and her power, while (speedily) ridding herself of her English husband. It is three hundred years since Marie ruled at Lemenagh, but she is still a living presence, in the countryside and many stories are told of her--some of them extremely macabre.[16]

Lemaneagh castle

一説によるとMarie Ruadhは、死後Kilnaboyの近くのCoadという小さな村の墓地に埋葬され、安らかに眠っているということである。

しかしまた、彼女には次のような話も伝えられている。

> She was riding her black stallion to Limerick, and she passed a poor miserable house on the roadside. She said it offended her, and it was to be thrown down before she came back that way. So the poor woman that lived in the house came out and looked after the great lady and the black horse. Then she fell on her bare knees on the road, and she cursed Maire Ruadh, that she might never ride back that way. So, as the lady and the black horse went through the woods at Cratloe, there came a great wind, and the branch of a tree came down, and it caught Maire by the throat, and her neck was broken and she died. So the living woman never rode back that way…[17]

そしてこの話は、次のような一節で終っている。

> But of a sormy night you'll hear the heavy feet of the stallion, and him galloping the road, up to Lemaneagh!

さらに、別の説によると、彼女は犯した罪のためにBunratty castleという城に生きながら幽閉されたが、現在も尚その城に出没するという。

> She is said to have been buried at the little church at Coad near Kilnaboy, <u>others say that</u>, <u>for her sins, she was walled up alive in Bunratty Castle and that she "Walks" there.</u>[18]　　　　　　　　　　（下線筆者）

彼女の犯した罪とは一体何か？上述のように彼女は夫Conor O'Brienの死後、敵方の男と結婚して、その領地と権力を保持したのであるが、この城のgateway（現在はNewmarket-on-Fergus[19]近くのDromoland castle[20]に移されている）にはそのいきさつについて次のようなinscriptionが刻まれている。

アイルランドのクレア州の地図

In an engagement with General Ludlow's soldiers, in 1651, O'Brien was wounded, and when he was brought by his men to Lemaneagh, it is said, she refused to have her husband brought into the castle <u>with the words 'we need no dead men here'</u>. She did relent later and nursed him but he died the same night. After her husband's death, Maire Ruadh travelled to Limerick 'dressed in her best' and demanded to see Ireton, Cromwell's deputy chief, in Ireland. She asked Ireton to allow her to marry Cooper, one of his officers. The request was granted and thus Maire Ruadh saved her lands and Lemaneagh castle.[21]

(下線筆者)

また、ある資料（*Holiday Information of The Burren*）は、この間の事情を次のように説明している。

Legend has it that when her husband's corpse was brought home, she told the bearers to take it away <u>as there was no place for a dead man in her house</u>. To save her son's lands from sequestration, she offered to marry any Cromwellian Officer selected by General Ludlow. Cornet Cooper of the Limerick Garrison was the unlucky man!!

(下線筆者)

彼女の罪とは、あるいは、たとえ息子のためとはいえ、その領地と権力の保持のために 'We need no dead man here.' とか 'There is no place for a dead man in my house.' といって自分の愛すべき夫を拒んだことであろうか、それともあるいは、夫の死後 Gertrude 顔負けの迅速さで、敵将 Cornet Cooper（この名前は我々に Effingham Cooper を想起させる。）と不実の結婚をしたことであろうか、それともこの不実の再婚の迅速さに劣らず、彼女が権力を回復するや否や、すぐさまこの不運な男 Cornet Cooper を葬り去ったことであろうか。いずれにせよ、Marie Ruadh は、このような諸々の罪の故に Bunratty castle に幽閉され、未だにその城に "walks" しているという。

はじめに筆者は *The Unicorn* の冒頭の短い疑問文の作品に於ける意味について若干触れた。以上の Marie Ruadh にまつわる伝説が、*The Unicorn* の理解にどれだけ役立つかは知らない。しかし、筆者はあの "How far away is it?" という疑問は、単に it（それ）への物理的距離を問題にしているのではな

く、もっと本質的なものを問題にしているのだ、ということは言えるのではないかと思う。

Notes
1) *The Unicorn*, p.11, l.1
2) Robert Scholes: *The Fabulators* pp.108-110.
3) *The Unicorn*, p.258, ll.9-10.
4) W. K. Rose: "Iris Murdoch, informally" (*London Magazine*, June 1968, vol.8, No.3, pp.59-).
5) 1973年3月17日付の筆者宛の手紙。
6) cf. *Lumina* No.10, pp.12-20.
7) *The Unicorn*. p.245, ll. 18-19.
8) cf. *Guide to Clare, Limerick, North Tipperary*, p.9:
    The Burren. The northern part of County Clare is known as the Barony of Burren, but "The Burren" is used as a descriptive term for the remarkable limestone desert which is the typical landscape of this part of the country, and also part of the adjoining County of Galway. Those who travel along the coast road by car seldom penetrate inland, but "The Burren" is well worth visiting.
9) 1973年2月6日、ロンドンの *Gloucester Road* 駅近くのパブ Stanhope Inn にて。
10) *The Burren, A Guide* (The Kerryman, Tualee) p.3.
11) *The Unicorn*, p.16, l.6.
12) *Clare, county guide and maps*, pp.38-9.
13) *The Unicorn*, p.12.
14) *Ibid*, p.21, ll.4-10.
15) *Clare, county guide and maps* p.44.
16) *A Few Notes on the Burren, Co. Clare* (Old Ground Hotel, Ennis).
17) *The Burren, Holiday Information.*
18) *A few Notes on the Burren, Co. Clare*:
    Bunratty Castle
    The main road next crosses the Bunratty river and to the right is seen the imposing Bunratty castle. This castle, one of the largest of the towered fortresses of Ireland, was built by the O'Briens of Thomond in the fifteenth century. Originally a wooden tower and mote was built here in 1251 by the Anglo-Norman Robert de

Muscegros. The tower was replaced by a stone castle erected by de Clare in 1277. A new one by the Justiciar, de Rokeby (built in 1353), fell into Irish hands, and the present structure is said to have been erected by Macon MacConmara in 1425. It was this castle which the O'Briens, Earls of Thomond, altered in the fifteenth century to its present form.

The castle is an oblong building furnished at each corner with square, lofty towers. At the southern and northern ends a broad arch unites the towers, leaving a deep recess below. The inside plan is very complex, with numerous rooms. In the south-eastern tower is a chapel with rich stucco ceiling decoration, designed about 1619. On the north side an eighteenth century house adjoins the castle wall. Rinuccini, who was the Papal Nuncio to the Confederation of Kilkenny, stayed at the castle in 1646 and wrote: 'Bunratty is the most beautiful spot I have ever seen. In Italy there is nothing like the grounds and palace of Lord Thomond; nothing like its ponds and park with its 3,000 head of During the Confederate siege of 1646, Bunratty was defended by Admiral Penn, father of William Penn, founder of Pennsylvania. It is almost certain (from existing documents) that William, then an infant, was at the castle at this time. The Admiral married the daughter of Hans Jaspar of Rotterdam, who, during the siege, was living near Bunratty. The name is retained in 'Jasper's Bridge', some miles to the north-west of the castle.

Bunratty castle was restored in 1960 (by grants from the owner Lord Gort, Bord Failte, and the Commissioners for Public Works), and many of the rooms are now fitted with tapestries, paintings and plate. A medieval banquet is held in the castle each week (operated by the Shannon Free Airport Development Co.), and this, combined with a bus tour of the region, is a very popular tourist attraction.

19) Newmarket-on-Fergus

On returning to the Limerick-Ennis road the next village reached is that of Newmarket-on-Fergus. To the left, glimpses can be had of the island-dotted Fergus estuary. About four miles south-west of the village is Urlanmore castle, a thirteenth century McMahon stronghold. Here was born the famous Maire Ruadh ('Red Mary'), who was married to O'Brien of Lemeanagh castle (see p.52). The castle is a three-storied tower with an extension which contained a fine hall. In a small room in the tower can still be seen some of the wall decorations, consisting of drawings of animals.

20) Dromoland Castle

(once the property of Lord Inchiquin and now a hotel) is one and a half miles from Newmarket-on-Fergus village on the road to Ennis and is one of the finest mansions in the country. Erected between 1825-35, it is a castellated building of chiseled limestone and stands overlooking a lake in the 1,500-acre park. The well-wooded estate and grounds are surrounded by an eight-mile demesne wall. The Quin (or Ardsollus) river flows through the estate, expanding into a lake at a point near the castle.

The fine ornamental gateway of Lemaneagh castle, near Kilfenora (see p.51), has been re-erected at Dromoland.

21) *Clare, county guide and maps*, p.52.

2. Rollright と *The Messeage to the Planet*

マードックと久しぶりに再会したのは、1991年7月28日のことであった。マードックは往年と変わらない艶のある声で筆者の質問に応えてくれただけでなく、執筆中の次作のこと、東洋思想、特に仏教に対して強い関心を抱いていることなど、近況について率直に語ってくれた。マードック・カントリー探訪に出発したのは、それから1週間後のことであった。1カ月余りの探訪の間に気づいたことを一、二、紹介したい。

オックスフォードの北西約20マイルにあるRollrightを訪れたのは、マードックの最新作品 *The Message to the Planet* (1989) で言及されているからである。Rollright は、King's Stone, King's Men, Whispering Knights とそれぞれ呼ばれている、三つの部分から成り立っていた。King's Men はおよそ60個の石が円形に配列された石群で、近くに楡の木立があり、さらにその周囲は生け垣で囲まれている。この円環石群の北側の目と鼻のところに King's Stone がある。高さ8フィートほどの人間の姿をした石柱である。King's Men の南東400メートルのところに、5個の石が寄り添うように立っているのが Whispering Knights である。

探訪の結果、この Rollright に関して次のような興味深い伝説が語り継がれていることが分かった。

「昔、この地方に野心家の領主がいた。彼はこの地方だけでは満足できず、

イギリス全土を支配しようと企てた。そして北方に向かって進撃を開始した。（現在 Rollright Stones が立っている）山の背にさしかかった時、その界隈を支配していた魔女に出合った。魔女は領地を侵害されて怒り心頭に発していた。その魔女は領主に次のように言った。『もしあなたが山の背から Long Compton を見ることができれば、あなたはイギリス全土に君臨する王となるでしょう。』Long Compton はすぐ近くの村で、山の背からは容易に眺められるはずだった。領主は喜び勇んで、軍列の先頭に立って進撃を続けた。ところが山の背を登りつめ、Long Compton の方角を見下ろして驚いた。村の手前の土地がまるで視界を遮るように隆起していた。魔女の仕業だった。領主は諦めずにさらに進軍を続けようとした。その時、魔女が叫んだ。『それ以上進むな、立ち止まれ、そして石になれ、おまえの野望はこれまでだ。』それと同時に領主と配下の者達は、またたく間に石になった。そして魔女自身もニワトコの木に変身した。魔女は今でもその姿で領主たちを見張っている。（このニワトコの木が切り倒されたら魔法は解け、石は再び人間に戻ると言われている。しかしそれを試すのは難しい。石の近くには多数のニワトコが立っていて、どの木が魔女が変身したものであるのか見分けがつかないからである）。」(*The Little Guide: Oxfordshire*, Methuen, 1933, pp.218-20)

　また、Rollright には次のような言い伝えもある。「毎夜、12時になると石は生き返り、人間の姿を取り戻し、手に手を取りあって踊り始める。とくに万聖節の夜には、泉の水を飲むためにいっせいに丘を駆け降りていく。」(*Ibid.*)

　マードックが *The Message to the Planet* で "...the stones at Rollright went down to the river to drink at midsummer"（p.241）と言っているのは、上記の二つめの言い伝えを念頭に置いてのことであろう。

　伝説との関連もさることながら、Rollright と *The Message to the Planet* に出てくる Axle Stone は、形態や性質、さらに周囲の状況に至るまで、互いに非常に類似している。Axle Stone の特徴は次のとおりである。①非常に古いサルセン石と呼ばれている砂岩である。②人間を連想させる形態をしている。③こんもりとした木立と生け垣に囲まれている。Rollright もこれらの特徴をすべて備えている。Rollright の King's Men と King's Stone を置き換えれば、

Rollright Stones のうちの 'King's Men'

そのまま Axle Stone と言ってもよいほどである。

次に訪ねたのは、サマセット州の Bath の南西 16 マイルにある、伝説に富む非常に古い町 Glastonbury であった。*The Message to the Planet* の主要な舞台のひとつである Bellmain が、アーサー王伝説と関係があるかもしれないという次の一節が念頭にあったからである。"The name 'Bellmain' goes back very far, and may have an Arthurian origin." (p.218)

Glastonbury はアーサー王が最後の戦いで勝利を博した後、深傷を癒すために舟で向かったアバロン島であるという説は昔から伝えられている。1191年にはアーサー王とグィネヴィァ妃のものと思われる墓が発見された。アーサー王の時代には、Glastonbury は湖水や沼沢に取り囲まれた島のようなところだったと言われている。マードックが Axle Stone 付近の景観について湖の存在を強調しているのは、この幻の湖と無関係とは思われない。(ただし、Bellmain という語は少なくともトマス・マロリーの『アーサー王の死』には見当らない。マードックは同書の第 7 章に登場する Sir Gareth の別称 Beaumains を念頭に置いていたのかもしれない。Bellmain も Beaumains も共に「美しい手」を意味する。)

Glastonbuly に関しては、このほかにも沢山の伝説が語り継がれている。アリマタヤの聖ヨセフにまつわる伝説もそのひとつである。彼はキリストの最後の晩餐の時に使われた聖杯（他の伝説によればキリストが十字架に架けられた時に流した血をいれた器）を、Glastonbury に携えて来たと言われている。

標高500フィートのGlastonbury Torの麓にある"Blood Spring"と呼ばれている泉は、彼が聖杯を埋めた場所と考えられている。また、西暦61年頃、彼はGlastonburyに小さな教会を建立し、その境内に携えていた杖を立てた。その場所からサンザシが生え、大きく育った木は毎年二度、クリスマスと春に美しい花を咲かせた。この木はピューリタン革命の時に切り倒されてしまったが、接ぎ木は生き残り、今も毎年花を咲かせている。Glastonbury Abbeyの庭のサンザシはそのひとつと言われている。

このような伝説に魅せられて、毎年、多くの人々がGlastonburyを訪れる。敬虔なクリスチャンもいるが、*The Message to the Planet*に登場する"stone people"と呼ばれているヒッピー風の古代遺石崇拝者を思わせる人も少なくないそうである。

*The Message to the Planet*との関連性を感じさせるもうひとつの点は、地理的なものである。マードックはBellmainからの眺望を描写する際、湖と共にSalisbury Plainに言及している。一方マードックは、Axle Stoneの所在はRollrightでもなければGlastonburyでもないことを随所で匂わせている。たとえばBellmainに滞在しているMaisieに"Somerset — I used to go down there chasing after Wordsworth and Coleridge! Such a lovely county, I painted in the Mendip and Glastonbury…"（pp.230-31. 下線筆者）と言わせているのはその一例である。

また"The Stone was a mysterious solitary, not mentioned by either Stukeley or Aubrey."（p.240）という記述は、両者が無関係であることをいっそう明確に示している。StukeleyはWilliam Stukeley（1687-1765）のことであり、AubreyはJohn Aubrey（1626-97）のことと思われるが、両者とも*Britannia*（1586）の著者William Camden（1551-1623）と共に、古代遺物の優れた研究家として知られている。前者には*Palaeographia Britannia*、後者には*Monumenta Britannia*の著書がある。このどちらにも取り上げられていないとすれば、しかもAxle Stoneが実在のものだとしたら、その所在はよほど人目の届かない辺鄙な場所でなければならない。しかし、すでに指摘したようにAxle Stoneの所在は、Salisbury Plainが眺められる地域でなければならな

い。つまりウィルトシャー州内か、同州に隣接した地域でなければならない。しかし、それらの地域には Axle Stone と思われるものはない。

　以上を考慮すれば、Axle Stone は作者マードックの想像力の所産と考えざるをえない。ただし、それは作者の個人的体験、即ち、作者が実際に見聞したいろいろな歴史的遺跡やそれらにまつわる伝説などと深く関わっている。

　マードックの作品は、ロンドンやダブリンなど都会を舞台としている作品と、*The Message to the Planet* のように主として地方を舞台にしている作品に大別される。都会を舞台としている作品では実在の地名が用いられていて、場所に関しては紛らわしい点は少ない。それに対して地方を舞台としている作品では、架空の地名が用いられていることが多い。一方、マードックの作品を創作時期に着目して見ると、初期の作品には、地名の背景が不明瞭な作品は少ない（もちろん例外はある。*The Unicorn*（1963）の舞台がアイルランドのクレア州の Lisdoonvarna を中心とした地域であり、同作品がこの地方の伝説と深く係わっていることを発見するのは容易ではない）。それに対して最近の作品では、ドラマが展開される舞台の背景を突き止めることはかなり困難で、しかも困ったことに、その背景についての理解がなければ、作品の正しい解釈は望めそうもない。例えば *The Philosopher's Pupil*（1983）のドラマが展開される舞台は、Ennistone という温泉のある町であるが、この町はオックスフォードの Ennistone、サマセット州の Bath、さらにはダンテの『神曲』の地獄編と密接に関連している。そして Ennistone のこのような背景に対する理解なしには、この作品のまともな鑑賞は望めない。

　The Message to the Planet にも同じことが言えるかもしれない。とくに、この作品とアーサー王伝説とを重ね合わせたとき、意外な発見ができるかもしれない。

第4章

マードック、ベイリー夫妻の岡山訪問

　British Council, Kyoto の招きで Professor John Bayley, Dame Iris Murdoch ご夫妻が久しぶりに来日すると聞いたのは、1997年2月中旬だった。できたら岡山にも立ち寄ってもらいたいと思い、British Council の Fiona Clarke 館長や Roderick Pryde 氏と相談したところ、5月の週末に希望が叶えられることとなった。

　岡山には、京都での2回のセミナーと神戸での講演の後で来られたのだが、幸い私も British Council と Kobe Institute（St. Catherine's College）のご厚意で、5月24日の 'Against Dryness' を key text としたセミナーと28日の 'The Modern Novel' という演題の講演を楽しむことができた。ご夫妻には1996年の夏にオックスフォードでお会いして以来、一年ぶりにお目にかかったのであるが、24日のセミナーではマードックは、初めは jet lag の故かややお疲れのように感じた。しかし時間が経つにつれて調子を取り戻し、ベイリー教授共々、参加者の質問に対して示唆に富んだ応答をされて、参加者を感銘させた。

　岡山には29日（土）の昼前に到着され、31日（月）に帰られた。その間、後楽園、烏城、瀬戸大橋、倉敷、吉備路を回られたが、同行して印象に残ったことは、お二人とも非常に好奇心が旺盛だということである。たとえば咸臨丸という遊覧船に乗って瀬戸大橋の下を周遊していた時など、着工はいつ頃で、完成まで何年要したか、長さはどれくらいか、橋が完成して四国の産業や経済はどう変わったか等々、次々に質問された。実は、瀬戸大橋は予定の案内コースには入れていなかったのである。ただ巨大だけが取り柄の、鉄とコンク

リートの塊などには、興味をもたれる筈がないと思ったのである。しかし案に相違してお二人は強い関心を示され、急遽予定を変更しての見物となった。車窓から海と橋が見え始めると、お二人の顔は輝き出し、橋の中間地点の与島に降り立った時には喜色満面となり、咸臨丸に乗船した後はまるで童心に戻られたように甲板を動き回り、クルージングを満喫された。私はそんなお二人を眺めながら、マードック女史の作品には海への憧れを持った人物が登場したり、川や海での水泳の場面がよく見られるが、その秘密を見たような気がした。後で知ったのだが、お二人とも水泳は大好きで、若かった頃はオックスフォードを流れるアイシス川をはじめ、機会さえあればどこででも水泳を楽しまれたそうである。そして今でもよく Summertown のプールに行かれるそうだ。

　倉敷では、江戸時代にそこが天領であったのをご存じで、なぜ天領だったのか聞かれた。また吉備津神社を訪れたときには、神仏混淆の名残か、すぐ隣にある普賢院という寺の鐘楼を見つけると、ベイリー教授は登って行って撞木で打ち鳴らした。それを唆したのはもちろんマードック女史である。*The Bell* (1958) で Dora と Toby が誤って鳴らした鐘の響きもかくやとばかり、ベイリー教授の打ち鳴らした鐘は遠くまで響き渡った。教授の万端についての博識はつとに有名だが、それもこのような旺盛な好奇心によるところが大きいのであろう。

　教授の博識は、岡山でも何度も披露された。その一つを紹介したい。ご夫妻が泊まられたホテルから歓迎会場へ向かうタクシーの中で、話題が A. S. Byatt のことに及んだ。私はたまたま、短編 'The Chinese Lobster' の中に出てくる cheese plant という植物が手元の辞書や辞典あるいは図鑑に載っておらず、いかなる物か調べがつかず弱っていたところだった。これ幸いとばかりに（そしてさすがの教授もご存知ないのではないかと半分は妙な期待を抱きながら）尋ねてみた。すると驚いたことに間髪を入れず "Oh, it's a fashionable indoor plant. Its proper name is 'Swiss Cheese Plant'. So called because of the hole in the leaves. Its botanical name is Monstera Deliciosa." という答えが返ってきた。その上 "You can see it at the lounge of the hotel we are staying." という、嘘のような落ちまで付け加えられた。まさに「灯台もと暗し」であった。

　3日間だけのことであったが、その間歓迎会を含めてしばしば食事を共にした。ベイリー教授は何でも食べられるのに、マードック女史は結構好き嫌いがあるように見うけられた。どうやら魚料理は苦手のようで、それとは対照的にワイン、特に赤ワインには目が無いようである。日本ではもちろん食べられないが、イギリスには bread and butter pudding というプディングがある。それが女史の好物であることも知った。traditional English food のひとつで、今ではほとんど見られず、Shimpson's や Auntie's など、ロンドンでも少数のレストランで味わえるだけとのことである。ベイリー教授は、愛妻のためにこの pudding をときどき料理するという。ついでながら、ベイリー教授は28歳の時に、St Anne's College の窓から Woodstock Road を自転車に乗ってさっそうと通り過ぎて行くマードック女史に一目惚れし、それから5年間待ち続けて、やっと彼女から Yes をもらったそうだ。しかし彼が bread and butter pudding を作るのは、惚れた弱みからなどではないことは、至る所でマードック女史に示された優しい気配りから明白である。

　いろいろ話し合った中で私にとって最も興味があったのは、やはり文学談義、その中でも特にマードック女史自身の作品に関することであった。私としては最新作 *Metaphysics as a Guide to Morals*（1992）に話題を限ったが、お二人はこれに限らず惜しみなくいろいろなことを披露してくれた。たとえば、詩人 Stephen Spender はお二人の親友で、フランス南部 Arle の詩人の別荘をよく訪ねたそうで、*Nuns and Soldiers*（1981）の主要な舞台となっている Gertrude の邸は、このスペンダーの別荘と無関係ではないということである。

　The Book and the Brotherhood（1987）の David Crimond や、*The Message to the Planet*（1989）の Marcus と違って、マードック女史自身は *Metaphysics as a Guide to Morals* という超大作を完成したのだから、しばらくは休養かと勝

手に憶測していたのだけれども、とんだ見当違いで、秋には新作が出版される予定だそうである。マードック女史の愛読者にとってこれ以上に嬉しいことはない。

2泊3日の短い滞在だったが、幸い天候にも恵まれ、お二人には楽しく過ごしていただけたのではないかと思っている。別れに際してお二人は、James Melville のミステリー *The Chrysanthemum Chain* と Stephen W. Hawking の *A Brief History of Time* を、一読に値すると言って贈呈してくれた。Melville はともかく、マードック女史が Hawking まで読んでいるとは意外だったが、*The Nice and the Good*（1968）などに space ship が登場することを考えれば、それほど不思議なことではないのかもしれない。だがマードック女史は、京都のセミナーでも強調していたことだが、大のテレビとワープロ嫌いである。宇宙の神秘への好奇心とテレビやワープロへの嫌悪感、この一見矛盾して見える姿勢もマードック女史の場合には納得できるような気がするのは、何故なのだろうか？

最後にお二人の趣味について一言。ベイリー教授は、趣味はこれこれしかじかであると限定するのはとても不可能と思われるくらい広範である。ただ岡山では、刀剣や包丁、ナイフに関心を示され、刃物の専門店で小振りの折りたたみ式ナイフを求められた。一方、マードック女史は、水泳がお好きなのは前述の通りだが、そのほかに石の収集が趣味だということを、後楽園の茶屋で休憩していた時に打ち明けてくれた。ベイリー教授の話では Summertown のお宅は「石だらけ」ということである。このことはひょっとしたら、マードック女史が *The Good and the Nice*（1968）, *The Black Prince*（1973）, *The Sea, The Sea*（1978）などでしばしば石へ言及していることと関係しているかもしれない。

石についてはともかく、このたびお話を伺って分かったことは、マードック女史の作品は彼女の個人的体験とかなり密接に関連しているということである。このことは彼女の数少ない詩にさらにはっきり言えることだが（彼女の詩のほとんどは、例えば 'Agamemnon Class 1939' や 'Miss Beatrice May Baker' のようにいわゆる poems of commemoration で、彼女の友人、知人に直接関連している。ついでながら前者は Oxford 大学の学友 Frank

Thompson の戦死を悼んだものであり、後者は Badminton School の校長 Miss Baker を偲んで作られたものである)、小説に関しても言えそうである。彼女の小説には、*The Philosopher's Pupil*（1983）の William Eastcote のように善良な Quaker がしばしば登場するが、実際マードック女史によると、彼女の周囲にはそのような Quaker が少なからずいるということである。また、彼女の作品にはユダヤ人、特にナチスによって迫害されたユダヤ人が登場する。もちろんこれは、マードック女史が国連の一員としてベルギーやオーストリアで難民救済の仕事に従事したことと、無関係ではないであろうが、それより数年以上前の Badminton School での体験に、より関係しているように思われる。マードック女史によると、このパブリック・スクールは博愛精神に基づき、第二次世界大戦が勃発するかなり前からユダヤ人の子女を積極的に受け入れていたという。このことについてマードック女史は上述の 'Miss Beatrice May Baker' の中で次のように触れている。

 And yet we knew of Hitler and hell
 Before most people did, when all those bright
 Jewish girls kept arriving; they were well
 Aware of the beginning of the night,
 The League of Nations fading in the gloom,
 And burning lips of first love, cold soon.

6月中旬、お二人から無事帰国された旨のお便りが届いた。"Everything you arranged for us —— the party, the others and the wonderful visit to the Inland Sea was real delight, but above all it was yourself we enjoyed and your company. It was and will be quite the nicest thing that happens in Japan and the most memorable." と書かれていたのには、恐縮すると共に喜びであった。

7月に入って間もなく、ベイリー教授から再びお便りをいただいた。日本での日程はかなり忙しいものだったから、少なくとも暫くは Summertown のお宅で寛がれているものと勝手に想像していたのだが、予想は見事に外れてしまった。お便りによると、ご夫妻は帰国後すぐに、Derbyshire 州を "family" 旅行

されたという。"Family"は"three brothers, David, Michael and John, two wives, Iris and Agnes and one old family girl-friend, now nearly blind who 'partners' my bachelor middle brother Michael"で、一行は *The Compleat Angler* の著者 Izaak Walton がよく訪れた所として、また Jane Austen の *Pride and Prejudice* の Mr D'Arcy の広壮な屋敷の所在地としても知られている Dovedale の美しい自然を満喫されたそうだ。その折にご夫妻は、岡山をはじめ日本各地で見聞されたことを"family"に紹介され、大変喜ばれたそうである。

吉備津神社参詣中のマードック 　　吉備津神社で口を漱ぐマードックとベイリー教授

歓迎パーティ参加者全員の記念撮影

第5章

アイリス・マードックと親交のあった三人の女性

　1997年の夏休みは私にはいつまでも記憶に残る貴重なものとなっている。この夏、私はアイリスにお会いして、数年前から企画していた *Poems by Iris Murdoch* の上梓の報告とその間に寄せられた助言に謝意を表するためにOxford のお宅を訪ねた。アイリスはとても喜んでくれ、畏友 Christopher Heywood 教授邸で催された詩集刊行の披露会にも列席し、求めに応じて丁寧にサインをしてくれた。

　披露会に同席していた夫君の John Bayley 教授に、翌日から *Jachson's Dilemma* の主要な舞台である Dorset 州に出かける旨を告げると、それなら Chesil Bank の West Bexington と Litton Cheney は是非、訪れるようにと地図まで描いて勧めてくれた。Bayley 教授が West Bexington を勧めてくれ

写真-1　The Old Rectory

写真-2　Janet Stone さん

た理由は私にも直く理解できた。アイリスはかつて次のように告白していたからである。"I have almost drowned twice... Once off north coast of Ireland and once at Chesil Bank in Dorset, which is very beautiful." このことを Bayley 教授に話すと、Chesil Bank では 1977 年に確かに溺れそうになったが、北アイルランドでは溺死というよりは凍死しそうになったというほうが適切で、海から上がってきたアイリスは "as red as a lobster" であったと彼は話してくれた。

　ご夫妻が Chesil Bank をしばしば訪れたのには自然の美しさに魅せられただけではなく、もっと大きな理由があった。それは親しい友人 Reynolds Stone 一家が近くに住んでいたからである。その邸のある場所が Litton Cheney である。Reynolds Stone はアイリスの詩集 *A Year of Birds*（1978）の版画を描いたことでアイリス愛好家に知られているが、一般には *The Times* の head の製作者として知られているイギリスの誇る彫版画家である。そして妻の Janet Stone さんは肖像写真家で、1988 年には写真集 *Thinking Faces:*

第5章　アイリス・マードックと親交のあった三人の女性

Photographs 1953-1979 を出版している。アイリスはこの写真集のために序文を書いている。彼女は芸術家の Stone 夫妻と馬が合い、しばしば Litton Cheney にある Stone 邸を訪れたそうである。The Old Rectory（写真-1）と呼ばれるこの邸は、その名が示すように昔は牧師館で、小高い丘の麓にある。Stone 一家は 1979 年に Reynolds 画伯が亡くなるまで住んでおられた。それ以後は Janet さんはイギリスで最も美しい聖堂と言われている Salis-bury Cathedral を眺望する Avon 河畔の閑静な家で余生を楽しんでおられる。

The Old Rectory には Hugh and Garol Lindsay さんという隠退した実業家ご夫妻がお住まいで、歓待してくださった。驚いたことに Lindsay さんは邸と庭の手製の地図を用意していた。実際、地図が必要なほどこの庭園は広かった。敷地には大樹が繁茂し、昼でも薄暗い。大きな池が二つあり、後で Janet さんから聞いたのだが、アイリスはそのひとつで、よく泳いだそうである。

Dorset から Oxford への帰途、Salisbury で途中下車し、Harnham Road にお住まいの Janet Stone さん（写真-2）を訪ねた。*The Thinking Faces* のマードックの序文から、そのお人柄は予測していたが、予想通りの控えめで繊細な神経の持ち主であった。後日、Reynolds Stone 画伯の版画の挿絵のお葉書が届いたのには予想もしていなかったことで嬉しかった。葉書には次のような言葉が記されていた。

"I am quite thrilled with your book (*Poems by Iris Murdoch*). Your wonderful introduction is most interesting, and the book beautifully produced and good and very kind of you to give me a copy.---I did so enjoyed your visit."

Janet さんは残念なことに翌 1998 年に亡くなられた。

Oxford に帰着すると間もなく Bayley 夫妻から Charlbury Road のご自宅でのガーデン・パーティー（写真-3）の招待状が届いた。

パーティーには 10 人ほどが招待されていた。隣人（Cockshut 夫妻）、Bayley 教授の教え子、夫妻の旧友など様々であった。

隣人の Cockshut 夫妻はアイリスの大の仲良しで Cockshut（写真-4）宅の

写真-3　マードック邸でのガーデン・パーティ

写真-4　Gillian Cockshut さん

　門柱には Iris がイタリア旅行の時に土産として持ち帰ったスレートの番地名が掛かっている。
　Poems by Iris Murdoch に Biographical Introduction を書いたためであろうか、5週間のイギリス滞在中に、多くの方がアイリスに関する様々なエピソードを提供してくださった。また、大学時代からの友人・知人を紹介していただいた。Somerville College の同期生の Philippa Foot（写真-5）さんもその一人である。Foot さんのお宅は私が泊まらせていただいた Heywood 教授宅から徒歩で10分ほどのところだったので、お会いして、学生時代のアイ

写真-5　Philippa Foot さん

リスに関する逸話や、卒業後、財務省に勤務していた頃の生活振りなど同窓生ならではの貴重な話を伺うことができた。お二人は Oxford では同じフラットに住んでいただけでなく、靴も 3 足共用していたほどの親友だったそうである。アイリスの足が Foot さんのよりほんの少し大きくて Foot さんは少々履き心地が悪かったそうだが、これは Foot さんが披露してくれた本当の話である。その頃の Iris は無駄口など決してしない生真面目な勉強や仕事一筋の女性で、Foot さんの言葉を借りると、何事につけても "tidy" だったそうである。"The contingent incompleteness, blankness and rubble of this home are endemic, definitive, and in the gloomy hallway, dangerous." と描写されている Charlbury Road の邸を見慣れている私には俄かに信じられなかったが、Foot さんの言葉から、私は 1973 年の夏、はじめてアイリスを Steeple Aston の Cedar Lodge に訪ねた時のことを思い出した。この広壮な邸は室内

Dear Yozo Nuroya,
I am quite thrilled with your book. Your wonderful introduction is most interesting & the book beautifully produced, & good of you to give me a copy. Very kind. Please thank Neil for sending it — I want to catch the post, so

Janet Stone さんの礼状

only time for a post card. Do you leave on Monday I wonder.

I did so enjoy your visit.
In haste
Yrs sincerely
Janet (Stone)

10 Aug '97

も庭もメイドや庭師を雇っているのではないかと思われるほど手入れがなされていた。しかし私には手入れの行き届いた Cedar Lodge よりも "contingent incompleteness" に満ちた Charlbury Road の邸に何故か親近感を覚えた。

第 6 章

アイリス・マードックと宗教

1. アイリス・マードックと聖書

　アイリス・マードックの小説の結末は、いつも印象的である。その中でも *A Word Child*（1975）の終章は、余韻に満ちていて忘れ難い。主人公 Hilary Burde が二つの悲劇的経験の後で、グロースター・ロード駅近くの聖スティーヴン教会の暗闇の中で、二つのキリストの像（飾り房のついた天蓋の下で、地上の人々を祝福しようとして母の腕の中から身を乗り出している嬰児のキリストと、十字架に掛けられている男盛りのキリスト）に目を止める場面と、クリスマスに雪が降る中を聖メアリー・アボット教会をはじめ、近くの教会の鐘の音を聞きながらケンジントン・チャーチ・ストリートの角にたたずんでいる場面は、ことのほか印象的である。
　この作品以後マードックは、聖書との関連性を強く感じさせる作品をたて続けに書いている。かつて彼女は W. K. Rose のインタヴューに応えて、「いかなる意味でもわたしはクリスチャンであるとは言えない」と断言している。彼女に何かが起きたのだろうか？　彼女の中で何かが変化したのだろうか？
　以下では、「出エジプト記」（20:5, 34:6-7）を連想させる一節――「あなたの目が見たことを忘れず、息子たち、さらにその息子たちに告げなさい。何故なら、あなたの神である主はねたむ神であるから。神は刃向かう者を討ち滅ぼす。邪な力を揮う者は見逃されることはなく、悪をなしたる者は災いをもって報われる」をはじめ、「サムエル記」や「詩篇」を想起させる言葉が頻出する

The Message to the Planet (1989) を手掛りに、あらためてマードックの人生観ないし価値観を見直してみたい。

　マードックの他の作品と同様に *The Message to the Planet* も厖大な小説で、登場人物も多く、内容も複雑である。人物はいずれも個性的な魅力ある人間であるが、その中でも興味を覚えるのは、主人公とも言うべき Marcus とその娘 Ilina、Marcus の弟子 Alfred Ludens、Marcus の友人の Jack Sheerwater とその妻の Franca、そして Ilina の恋人 Adrian Sedgemont である。以下では先ず、これらの父娘、師弟、夫婦、恋し合う男女という4組の人間模様の中、Marcus 及び Franca に注目し、本書と聖書、就中「伝道の書」との関係について、次に Marcus、Ilina、Alfred 及び Adrian に着目し、マードックの宗教観について考察してみたい。

　Marcus はマードックの作品にしばしば見られる、功成り名遂げた偉大な人物の一人である。数学者として、画家として、はたまたチェス・プレイヤーとして赫々たる業績をあげ、現在は哲学者、思想家として前人未踏の新境地を拓くものと期待されている。特に弟子の Alfred はそれを確信し、献身的に師に尽くしている。

　この Marcus に関して、読者を当惑させる出来事がいくつか起きる。そのひとつは Marcus 自身の死である。それが自殺であるのか事故死であるのか、読者は容易に断定できない。自殺と考えたくなる事情も少なくない。Marcus は概して言えば、誠実で善良な人間であったと言える。数学者としてもチェス・プレイヤーとしても、画家としても立派な業績を残している。そのような天才的とも言える優れた人物であるだけに、わずかな失敗に対しても大きな挫折感を感じることは容易に察せられる。

　しかしこの作品を詳細に読めば、Marcus の死が自殺であるとは考え難いことがわかる。言うまでもなく、死は善人悪人の区別なく誰にも訪れる。マードックの作品の中でもこれまでも多くの死が描かれている (*The Bell* の Nick、*The Unicorn* の Peter Crean-Smith、*The Nice and the Good* の Willy Kost、*A Word Child* の Kitty 等々)。しかし最近の作品では、どちらかと言うと人間的に立派な人物が死に見舞われているように思われる。マードックは人生が偶

然性に支配されていると繰り返し述べているが、善人を悲運に投じ込むことによってそれを強調しているかのようにさえ感じられる。事実 The Message to the Planet ではそれが主要なテーマのひとつになっている。

「伝道の書」が成立したのは紀元前 250 年頃と考えられている。当時パレスチナはエジプトのプトレマイオス二世の勢力下にあって、70 人訳ギリシャ語聖書の翻訳もこの頃に完成したと言われている。この時代にはまだ、信仰上の迫害やヘレニズム化の強制などもない、ユダの人々にとっては、民族的に閉鎖的に孤立することもなく、かといって他民族の迫害を受けることもない平和で幸福な時代であった。彼らは国際的文化交流により多様化した価値観が流布するなかで、イスラエルの伝統宗教とギリシャ的哲学の折衷と調和を心がけた。この状況は、規模こそ異なるが、衛星テレビを通じて地球が史上はじめて真に一体化した今日の世界の状況と酷似している。

「伝道の書」はこのような思想的背景をもって生まれたが、そこには当然のことながら、当時の流行哲学の影響が濃厚である。つまり人間や世界から一歩離れて、冷静に、と言うよりはむしろ冷徹にそれらを見つめる思索家の眼がある。この書の内容を最もよく伝える言葉は「空の空、一切は空である」であり、「みな空であって風を捕らえるようである」であろう。ダビデの子であり、エルサレムの王である「伝道の書」の作者はこう述べている。

　　　わたしは心を尽くし、知恵を用いて、天が下に行われるすべてのことを尋ね、また調べた。　　　　　　　　　　　　　　　　　　　　　　　　　　　(1:13)
　　　わたしは心を尽くして知恵を知ろうとし、また地上に行われる業を昼も夜も眠らずに窮めようとした…　　　　　　　　　　　　　　　　　　　　　　(8:16)

その結果、彼が辿り着いた結論が、「一切は空である」ということであった。彼は人間として可能なかぎりの努力をした。しかしその結果、彼が知ったことは自分がいかに無知であるかということであった。

　　　光が暗きにまさるように、知恵が愚痴にまさるのを、わたしは見た。知者の目は、その頭にある。しかし愚者は暗闇を歩む。けれどもわたしはなお同一の運命が彼らのすべてに臨むことを知っている。わたしは心に言った、「愚者に臨むことはわたし

にも臨むのだ。それでどうしてわたしは賢いことがあろう」。　　(2:13-15)
　そして彼はついにはこう言いさえしている。
　それで、わたしはなお生きている生存者よりも、すでに死んだ死者を、幸いな者と思った。　　　　　　　　　　　　　　　　　　　　　　　(4:2-3)

　前述したように、Marcus も「心を尽くし、知恵を用いて、天が下に行われるすべてのことを尋ね、また調べた」人間である。その彼が「伝道の書」の作者と同じ結論に達したとしても驚くにはあたらない。実際、マードックは 'On "God" and "Good"' で「空の空、一切は空である、ということが人倫の初めにして終わりである」と述べている。しかし彼女が *The Message to the Planet* を書いたのは、ただこの世の営みはすべて空しいということをメッセージとして伝えるためではない。彼女が伝えたいことは、すべては空しいと知った後の「生き方」なのである。
　マードックが理想とする生き方は、Marcus 自身の生き様よりも、彼の友人、知人たちの、彼の死後の姿に見ることができる。その一人は Franca である。Franca は貞淑で善良な汚れを知らない模範的女性である。彼女は3歳年下の Jack と結婚するが、Jack は彼女に母性愛的愛情を求めるだけで、エロスの対象として若い女性と関係を続けている。母親としてではなく、一人の女性として愛されたいと願う Franca は苦しむが、やがて彼女は自らの苦悩を隠す術を身につけていく。そのうちに彼女は、自らの不幸を忘れるほどにその術を完全に身につける。彼女自身は気づいてはいないが、病に伏したパトリックに対する献身的看護もそのような術のひとつである。しかしそれはあくまでも偽りの姿であり、次の言葉こそ彼女の本心を示すものである。

　　Alfred、どうしたらいいの？　我慢できないの、Jack と別れなげれば——でも何処に行けばいいの？　何ができると言うの？　誰が何と言おうと Jack と別れるなんてできないわ、殺したいほど愛しているの、アリソンなんか死んじゃえばいいのよ、ああ、本当に死んでしまいたい！　仕方なく辛抱して、親切そうにしていただけよ、それなのにみんなわたしのことを、おとなしくて、何でも言いなりになるお人好しとでも思っているのかしら。ともかく、そうしているのが当然と思っているみたい。もう限界だわ、このままでは何をしでかすか自分でも責任がもてないわ。できることなら本当にみんな殺してやりたい、ああ、気が狂いそう、悪霊に懸かれ

たみたい、尼寺にでも入らなければ…　　　　　　　　　　　(233頁)

けれどもついにJackが自分の非を悟り、彼女の元に戻ってくる。そしてFrancaは次のような平静な、悟りの境地にも似た心境にたち至る。

> 嘘、偽りはなかった、と言えるだろうか？　Francaは自問してみた。そうは言えないわ、わたしは確かに自分を偽っていた。誰にも言えないけれど、全くひどいことをしていた。罰が当らなかったのが不思議なくらいだわ。こうしてJackと一緒にいられるなんて夢のようだわ。神様に感謝しなければ…でもこの幸せだって、いつまで続くのかしら？　Jackがまたアリソンとよりを戻さないとも限らないわ。そうは思わないわ、でもわからない、神様にお任せするしかないわ。人生はそんなものよ…明日のことは誰にもわからないのよ。でも今日のことは間違いないわ、明日のことなど思い煩わないで、今日を明るく楽しく、精一杯生きればいいんだわ。
> (553頁)

「伝道の書」の作者はすべてを「空なるもの」と認めた上で、次のように述べている。

> …わたしが見たところの善なることは、神から賜った短い一生の間、食い、飲み、かつ日の下で労するすべての労苦によって、楽しみを得ることである。これがその分だからである。…これが神の賜物である。このような人は自分の生きる日のことを多く思わない。神は喜びをもって彼の心を満たされるからである。
> (5:18-20)
>
> 日の下で神から賜ったあなたの空なる命の日の間、あなたはその愛する妻と楽しく暮らすがよい。これはあなたが世にあって受ける分、あなたが日の下で労する労苦によって得るものだからである。すべてあなたの手のなし得ることは、力を尽くしてなせ。
> (9:9-10)

マードックが上記のFrancaの心境についてペンを運んでいた時、彼女の念頭にはこの「伝道の書」の作者のこの言葉があったと思われる。

このようにマードックは、ユダヤ教及びキリスト教の教典である旧約聖書に対して強い共感を示している。しかし同時に、それらの独善性、特にユダヤ人の民族的独善主義に対しては厳しい批判を加えている。

MarcusもLudensも、ユダヤ人の血を受け継いでいる。Marcusは一人娘

のIlinaをユダヤ人と結婚させたいと願っている。はじめはLudensはIlinaに無関心であるが、次第に魅力を感じはじめ、最後には是非とも結婚したいと思うようになる。Marcusの気持ちを知った彼は期待を抱くが、その期待はものの見事に裏切られる。実はIlinaには、Adrianという貴族の一人息子の恋人がいる。彼女は結局Adrianと結ばれるが、二人の気持ちを知らされたLudensが寂しそうに二人のもとから去っていく姿に、マードック自身の気持ちが最もよく表れている。

　　　「邸で一杯如何ですか？」
　　　「いや、結構、もう行かなくちゃならないんだ」
　　　「じゃあ、僕の自転車を使って下さい」
　　　「有難う、でも自分のがあるんだ。さようなら、Ilina、Adrianと幸せにね」
　　　「あなたもお幸せにね」
　　　「有難う、Ludens、幸運を祈っています」
　　Adrianが言い終わるか終わらないうちに、Ludensは踵を返して歩きだした。シドニー（Adrianが飼っている犬の名）がしばらくの間、後を追って行ったが、やがて戻って来た。

　Marcusが何か間違いを犯したとすれば、それは彼が探究の対象の価値を絶対視し過ぎた点にある。なるほど彼は、数学、美術、音楽などいろいろなことに手を出している。そしてそれぞれの分野で成功している。それにもかかわらず、あくまで完璧なものを求めて止まない彼は、きまって途中で投げ出して新しいことに目を移している。これは彼の性格が単に移り気であることを示すものではなく、彼の完璧主義者的人生観そのものの表れとみるべきである。もし彼が死に見舞われることがなかったとしたら、次に彼が身を捧げたのはJudaismであったと推測される。しかし彼の人生観が根本的に改められないかぎり、Judaismについても同じような幻滅を味わったことであろう。Ilinaのユダヤ人の血をひく若者のLudensとの決別と、gentileのAdrianとの婚約はそのことを暗示している。

　読者が「空の空、一切は空である」と感じるのは、主人公Marcusに対してである（ただしMarcus自身がどれほど、この世の営みを空しいものと感

じていたかはわからない)。それに対して作中人物の中で最も無常感に浸っているのは、Ludens ではなかろうか。彼は師 Marcus の才能を信じ、Marcus が「偉大な著書」を著すのを心待ちにし、師のために献身的に働いてきた。ところが Marcus は、その完成をまたずに急死してしまう。一方、彼を愛していると信じ切っていた Ilina が、実は Adrian を恋していることを知らされる。このような Ludens に、読者は幻想に踊らされている人間の愚かさと哀しさを痛感させられる。Franca が読者に対して積極的に新しい生き方を示しているという点で、写真の陽画にたとえられるとすれば、Ludens は陰画にたとえることができる。

「伝道の書」が書かれた時代と比べれば、今日、世界はかぎりなく広がっている。同時に人々は、世界は一つであるという連帯意識を強く持つようになった。しかしそのような世界にも、よく見れば狭量な民族主義が跋扈しているのは衆知の通りである。中東のパレスチナ問題、北アイルランド問題、そしてソ連邦崩壊後の各地の民族独立運動。これらの紛争の原因は複雑多様で簡単に説明できるものではない。しかしその根底にあるのは互いの不信感である。たしかにこれらの紛争には政治的問題や経済的問題などが複雑に絡んでいる。しかし仮にそれらの問題がすべて解決したとしても、この不信感が払拭されない限り紛争は収まらないであろう。

「伝道の書」の作者は、イスラエルの価値観とギリシャのそれとをうまく融合させた。彼の後にも、そのような彼のやり方を踏襲した人が続いた。キリストと同時代人の Judaeus Philo (B.C.20?-A.D.54?)、ヨハネ福音書の作者、アンティオキアの Theophous Ignatius、アレキサンドリア生まれのギリシャ教父 Adamanndus Origenes 等である。彼らは、ユダヤ教またはキリスト教に立脚しながらギリシャ哲学の長所をも理解してユダヤ教、キリスト教に新たな血を注入し、生命力溢れるものとした。彼らの努力によって、単なる民族宗教が民族の枠を超えて世界中の人々に信仰される普遍的宗教に高められたのである。

マードックは基本的世界観や価値観に関しては彼らとは異なるが、狭量な purist ではないという点では彼らと共通している。つまり、一種の syncretist

であるという点では同類であると言える。*The Message to the Planet* は、マードックのこのような healthy syncretist としての立場を、かつてないほど鮮明にした作品である。

注
The Message to the Planet からの引用は Chatto&Windus 版による。

2. アイリス・マードックとキリスト教

マードックの愛読者には予想されていたことではあるが、マードックは近年になって聖書との関連性が濃厚な作品を相次いで公にした。*The Good Apprentice*（1985）と *The Message to the Planet*（1989）である。マードックは創作に際して従来から古典的名作を利用している。例えば *The Bell*（1958）には Gerhart Hauptmann の *Die Versunkene Glocke*（1896）、*A World Child*（1975）には、F. M. Dostoevski の *Notes from Underground*（1864）、そして *The Philosopher's Pupil*（1983）には A. Dante の *Divine Comedy* といった具合である。そのマードックが文学作品としても折り紙付きの聖書に触手を動かさないのは不思議な気さえしていた。近年のマードックのキリスト教に関する発言を考えれば尚更だった。そういうわけで、この両作品はマードックの愛読者には待望の作品であった。ここでは、*The Message to the Planet* と聖書の関係を考察してみる。

The Message to the Planet には the Psalms, the Old Testament, the Lord, St Peter, Saint Paul, Christ のような聖書と関連の深い言葉や聖書そのものを示す語が頻出する。また聖書に見られる出来事への言及や聖書かの引用も少なくない。

例えばユダヤ教のラビの Daniel Most と主人公 Marcus の弟子でもあり崇拝者でもある Alfred Ludens の次の対話である。

第6章　アイリス・マードックと宗教

「あなたの目が見たことを忘れず、息子たち、さらにその息子たちに告げなさい」
「何故なら、あなたの神である主はねたむ神であるから。神は刃向かう者を討ち滅ぼす。邪な力を揮う者は見逃されることはなく、悪をなしたる者は災いをもって報われる」
(417頁)

この下りを執筆していた時、マードックの念頭に「出エジプト記」の次の文句があったことは間違いない。

　　——あなたの神、主であるわたしは、ねたむ神であるから、わたしを憎むものには、父の罪を子に報いて、三代、四代に及ぼし、——　　　　(20:5)

　　主、主、憐みあり、恵みあり、怒ることおそく、慈しみと、まこととの豊かなる神、慈しみを千代までも施し、悪ととがと、罪とをゆるす者、しかし、罰すべき者をば決してゆるさず、父の罪を子に報い、子の子に報いて、三、四代におよぼす者。(34:6-7)

また、次はLudensがダニエルに発した言葉についてのLudensの反省の描写である。

　　その瞬間、彼の脳裏に、まるで霊感に打たれたように、彼が以前ダニエル・モストにいった言葉が甦った。それは悲惨な運命を歌った言葉だった。何処で憶えたのだろう？　確かに砕土機 (harrow) だった、鋤 (plough) ではなく、砕土機だった。そうだ、聖書だ、間違いない。聖書とは分かったものの、家路を辿りながら思い出せたのは、ダビデ王がアンモン人を鋸や砕土機で苦しめたということだけだった。なにもダビデ王に限ったことではない、彼は思った、確かにいつの時代も、何処でも残酷な悲劇は続いている。　　　　(506-7頁)

これはLudens自身が言っているように、「サミエル記・下」の次の一節と無関係ではない。

　　——またダビデはその町の民を引き出して、彼らを鋸や、鉄のつるはし、鉄の斧を使う仕事につかせ、また、れんが造りの労役につかせた。彼はアンモンの人々のすべての町にこのようにした。——　　　　(12:31)

しかしこのことから直ちにマードックがキリスト教を全面的に受け入れ始めたと言えるのだろうか？　キリスト教の価値や存在意義についてはマードックは従来から認めていた。しかし同時に W. K. Rose のインタヴューに応えて、こう述べている。

> わたしはプロテスタントの家庭で育てられました。そして今でも、キリスト教と深く係わっています。ただし、いかなる意味でもわたしはクリスチャンであるとは言えません。
> ('Iris Murdoch, informally' *London Magazine*, June, 1968,Vol.8, No.3)

ところでマードックの研究家としても優れた業績を挙げている A. S. Byatt は *Possession* (1990) の中で次のように書いている。

> わたしが信じているのはイマジネイションの世界だけだ。昔から語り継がれてきた「生と死」の真実…あるいは「虚偽」…それが如何なるものであろうと、詩人は真実を歌う限り、人の魂を甦らせることが出来る。キリストがラザルスを甦らせたようにではなく、そう、自分の身体を死体と重ね合わせ、口うつしに息を吹き込んだイライシャのように、あるいは福音書の作者がしたように…彼は歴史についてどれほど造詣があったかは知らないが、本質的に詩人であった。　　　(168頁)

マードックがパトリックの蘇生の場面を描いていた時に念頭にあったのはキリストではなくて、バイアットが述べているような意味でのイライシャではなかったかと思われる。

The Message to the Planet が聖書と密接に関連していることは既に述べたが、その中でも Ecclesiastes との関連性は無視出来ない。(マードックが「詩篇」の名や「出エジプト記」の句を繰り返し使っているのに、「伝道の書」については、直接的な言及や引用がないことは、かえって両者の深い係わりを感じさせる。)

第7章

アイリス・マードックの幸福論

　従来、マードックは「自由」「善」といった問題を論じ、「幸福」についてはほとんど取り上げたことはなかった。仮に触れたことがあっても、「善」と較べたら無価値なものであると言い、ただ「善」の絶対的価値を比較強調するために利用したと言えないこともない。ところが近年、マードックは人間の「幸福」についてしばしば言及している。例えば1994年の人生で最も大切なものは何かという質問に対して次のように語っている。

> First my parents. I had wonderful parents. And then the kind of work that I have been fortunate enough to do. But above all else, the most important thing in my life is my husband. To have had a happy marriage is a very good thing.　　　　　　　　　　　　*Sunday Express* July 17, 1994

また、1992年 Angela Lambert のインタビューで次のように述べている。

> One would like to say that people becomes wiser as they grow older; more generous, less frightened; understanding human nature better---but equally one could turn it all around. *Happiness* is important. Some lives are happy to begin with and then run into absolute darkness, or vice versa, and this can affect the ability or desire to help other people.
> 　　　　　　(Angela Lambert: In the presence of great goodness)
> 　　　　　　　　　　　*The Independent* 8 September 1992 p.18

　しかしさらに調べてみると、このような「幸福」についての積極的発言が必ずしもここ数年に限られたことではないことが分かる。例えば既に1980年

に彼女は Joanna Richardson に「幸福」は "terribly important" であると語っている (*Book World*, December 21, 1980. p.10)。彼女はまた、1988年に Jo.Brans に次のように述べている。

>…But I think happiness is important too. That's part of this thing about finding work and finding the right place for yourself in the world. One has a right, even a duty, to be happy. For some people, happiness is part of organizing a good life. Making other people happy is part of that, but very often making other people happy is a happiness of one's own. "Virtuous Dogs and a Unicorn" *Listen to the Voices Conversations with Contemporary Writers*
> (Dallas: Soutern Methodist University Press) 1988. p.190

しかし従来はどちらかというと「幸福」は「自由」「勇気」「理性」などと共に軽視されていた。The Soverighnty of Good over Other Concepts の次の一節はそのことをよく示している．

>…Freedom, Reason, Happiness, Courage, History have bben tried in the role. I do not find any of these candidates convincing. They seem to represent in each case the philosopher's admiration for some specialized aspect of human conduct which is much less than the whole excellence and sometimes dubious in itself.　　　　　(*The Soverighnty of Good*, p.102))

ところが1980年頃から人間の「幸福」ということについての考え方に変化が生じた。当然のことであるが、それは作品にも読み取ることが出来る。例えば1985年発表の *The Good Apprentice* 前後から作品中に「幸福」という言葉が目立つようになっている。The Book and the Brotherhood (1987) 及び The Message to the Planet (1989) からの次の引用はその一例である。

>…their (=Duncan and Jean) task now was simply to make other happy.
>　　　　　　　　　　　　　　*The Book and the Brotherhood* (p.528)

>Rose belonged to him (=Gerard), she had always done. He was responsible to her.. …He thought, I'll reassure her, I'll look after her, perhaps I haven't tried enough to make her happy, but I will now.　　　　　*Ibid*. (p.575)

I (=Franca) have escaped a terrible punishment, and one which I deserved. That I'm back again and have a dear husband and a home---that's pure luck really. Will it last, will Jack not find another Alison, even the same one, and do the job properly next time? I don't think so, but I don't know, I can't know. And I feel now it's like any other not-knowing---we may be dead tomorrow or maimed or mad, but today is true and real and to be lived well in clear light and the fresh air. *The Message to the Planet*（p.553）

「幸福」と言っても誰の「幸福」かということであるが、次第に make other happy という立場から自分の幸せに関心が移っていることが認められる。それはほとんど「伝道の書」で説かれている「幸福観」「人生観」と言える。

　…私が見たところの善なることは、神から賜った短い一生の間、食い、飲み、かつ日の下で労するすべての苦労によって、楽しみを得ることである。（5:18-?）

　日の下で神から賜ったあなたの空なる命の日の間、あなたはその愛する妻と楽しく暮らすがよい。これはあなたが世にあって受ける分、あなたが日の下で労する苦労によって得るものだからである。　　　　　　　　　　　　　　（9:9-10）

# 第 8 章

アイリス・マードックと性差別

　マードックは女流作家であるにもかかわらず、彼女の作品の主要人物や語り手のほとんどが男性であると、しばしば指摘される。また彼女の描く世界は中産階級社会に限られ、労働階級の人々は蔑視されていると批判されることも稀ではない。そのような指摘に対してマードックは故意にそうしているわけではなく、彼女の最大の関心事は「男」や「女」あるいは「中産階級の人々」や「労働階級の人々」ではなく、「人間」そのものであり、特に「女性」を避けたり、労働者を疎んじたりしているわけではないと説明している。

　　Women's problems are problems among other problems, and I write about them also. I just don't write only or mainly about them. …The same question arises for black writers. People expect black writers to write about blacks and black problems, and some are persecuted by their fellow blacks if they don't. I think this is very unfair. In literature writers <u>may</u> want to write more generally about human problems.
　　Barbara Stevens Heuse1; A Dialogue with Iris Murdock July 27, 1987?

　　In fact this criticism of novels on the basis of class is very silly and very artificial. I write about human nature.

　マードックの作品は「善」とは何か、どうしたら「善」を体現できるか、と言うことを主題としている。その際、その前提として彼女の念頭にあるのは「人間として」であって、「女として」とか「労働者として」ではない。彼女が「悪い女」とか「立派な労働者」と言うとき、それは「悪い人間」、「立派な

人間」を意味している。そしてこの場合その「人間」がたまたま「女」、あるいは「労働者」であるに過ぎない。彼女の場合、人間を分類する唯一の基準は「善の度合」である。

そのためであろうか、マードックは性差別問題に関して無関心であると思われがちだが、実際はマードックは男女問題に無頓着どころか大いに関心を持っている。例えば彼女は 1973 年 7 月 2 日の *Times* 紙上で、女子教育に関して特別のカリキュラムを考慮することの危険性について次のように警告している。

> It has been with great difficulty that women have, and indeed only partially, achieved the right to have the same education as men. An attempt now once more to devise a "feminine education" suited to the "special needs" of women seems likely to result, with compensations which seem to us dubious, simply in a general lowering of standards.
>
> Intelligent girls should not be defrauded of a tough, straightforward education with some backbone to it such as our educationa system can still provide. It is less important, it is even dangerous, positively to encourage schools to teach the social grades as a substitute for mathematics and Latin.
>
> It would be especially disastrous if, as one correspondent suggests, university entrance requirements for women were relaxed so as to allow "character" to count instead of academic achievement. If a girl does not get from her school as sound and rigorous an intellectual training as she is then capable of receiving she is not going to get it anywhere else; and if she does not receive such a training she will have fewer choices and and opportunities open to her than those who have been more fortunate.
>
> Women educated with a rigour judged suitable for the other sex do not usually fail to recall that they are women, and do not usually fail to acquire the various skills needed for running a home.
>
> …
>
> Women are still far from being generally accepted in England as the equals of men. Systematically to offer them a softer education seems the wrong way to rescue them from the position of "second-class citizens."

マードックは第二次世界大戦中から戦後にかけて大学生活を過ごした。それまでオックスフォード大学は女性は入学を認められていなかった。彼女は大学教育を享受できるようになった幸せな女性の一人であったわけだが、全く男女が平等であったわけではなかった。従って恩恵と共にパイオニアとして苦労も人一倍味わっている。彼女はそのような状況を徒らに嘆くことをせず、着実に一つ一つ克服していった。次の一節はそのような彼女の学生時代の状況を窺わせるものである。

>　It is the misfortune of woman to have had to arrive second on every scene, including the first one. It is not recorded of Adam that he initially regarded Eve's appearance with scandalised derision and subsequently asked for her impressions, as a woman, of the Garden of Eden; but then Adam was as yet uncorrupted. The pioneering woman has always been a figure of fun, where she has not met, as she usually has, with grimmer opposition as well. …So it is with the question of drink. …When I was an undergraduate, just before and during the war, we were not allowed to enter pubs and not allowed to keep drink in our rooms. …Entering a pub was a delightful adventure, partly because one might be 'progged' and partly as I remember, because I still profoundly felt that a woman in a pub was an odd bird.

彼女は男女が差別されるのを機械的に非難するようなことはしない。それどころか問題によってはむしろ積極的に「差別」の必要を説いてさえいる。彼女は女子学寮の Somerville College で古典学を学んだ。他の男子学寮は今日ではすべて女子学生も入学をゆるされる男女共学の学寮になっている。しかし Somerville は依然として女子学生のみを受け入れてきた。そのために学寮内外から同学寮も男女共学にしてはどうかと意見が寄せられている。そのような提案に対して多くの人が賛同している。しかし堂々と反論しているものもいる。鉄の女 Margaret Thatcher もその一人である。そして彼女とは何かにつけて反りが合わないマードックも、この問題に限っては意見を同じくしている。

Margaret Thatcher is supporting women students at her old Oxford college who are expected to decide today to take legal action to stop men being admitted. …Some graduates, such as Murdoch, the novelist and philosopher, have accepted that Somerville needs to improve its finances and attract more sponsorship from benefactors, who tend to be male. But Murdoch finds it dificult to accept the idea of men in her old college: "Somehow, I think the presehce of both sexes jammed so close together disturbs the monastic calm which is supposed to help study."

エロスの楽しさも恐ろしさも知っているマードックの言葉だけに重みがある。この言葉が影響したかどうかは知らないが、Somervilleは依然として女子学生だけの学寮である。マードックは女性の社会的進出に対する男性の反応の段階に関して興味深い発言をしている。

The invariable technique is to greet our arrival with mockery and follow it up with patronising interest. When it has at last become clear that one has to stay, one is classed as a woman lawyer, a woman writer, or whatever it may be, and encouraged by journalists to discuss 'the contribution of women' to the field in question. All this is of course a transparent attempt, which tries with regrettably frequent success to win the co-operation of the women themselves, to put off the day, still I fear far distant, when men are forced to admit that women are simply human beings, just as clever as they are and often cleverer.

マードックは女性を女性であるが故に軽んじる男性はもちろんのこと、女性を女性であるが故に称賛する男性も真に信頼することは出来ないと思っているわけだが、同様に女性であることを必要以上に強調し過ぎる女性にも批判的である。少なくとも女性を特別扱いしなければならない時代は終わったとマードックは考えている。

男女の区別なく人間が人間として互いの立場を認め、尊敬し合える時こそ、女性の真の解放が達成される時であるというのがマードックの本音である。

The time for separation has gone by, It's a matter of tactics rather than strategy. …Women will be liberated only when. they are ordinary citizens, … Human beings are very much the same for the purposes of how intelligent they are, how spiritual they are, whether they're male or female, and to see them as otherwise is very bad for human beings and for literature.

このようなマードックの言葉の背後にパイオニアとしての苦労があったこと、そして露骨に口にしたりはしていないが男女問題には人一倍敏感であることを見落としてはならない。

第9章

日本アイリス・マードック学会発足に際して

　日本アイリス・マードック学会の第一回総会及び研究発表会が1999（平成11）年9月25日に全国から30名余りの方をお迎えして開催され成功裡に終了しましたことを会員の皆様と共に祝いたいと思います。30名という数は決して大きな数ではありませんが、そのお一人お一人がマードックを心から愛している方々で、今後、この方々を核にマードック研究の成果が一段と上がることを祈念致します。

　ところでこの記念すべき日を迎えるにつきましては当然のことながら多くの方の献身的なご努力がありました。マードック学会の結成がはじめて話題になったのは数年前のことですが、はじめは夢物語のようなものでした。それが現実味を帯びてきたのは1997年あたりからです。そして1998（平成10）年秋に具体的な提案がなされ、同年10月13日に設立準備会がスタートしました。そして4回の会合の後、同年11月21日に第1回総会・研究発表会開催のための準備会が発足しました。以来毎月1回合計9回の会合を重ねて開催に至ったのですが、その間の準備会のメンバーのご努力を私は直接この眼で見てきましたが並大抵のものではありませんでした。マードックはバドミントン校在学中に書いたエッセイ"Unimportant Person"の中で「縁の下の力持ち」の尊さを強調していますが、そのような献身的な努力を惜しまなかった方々にたいして会員一同に代わりまして感謝致します。

　さて、本学会の結成を促した理由の一つにマードックご本人の健康状態があったことは否定できません。私共にマードックの体調の異常が伝えられたのは1996（平成8）年の秋のことでした。私は翌年の夏、編集を手がけていた

マードックの詩集が出版されたのを機にその報告をかねてオックスフォードへお見舞いに行きました。その折りはたしかに以前のマードックとは違いましたが、まだまだお元気でした。それだけに1999年2月9日（イギリスでは8日）の早朝、訃報を耳にした時には愕然としました。マードックご本人に本学会の発足の喜びをお伝えすることが出来なかったのは真に残念ですが、学会発足を契機として今後、一層、研究の成果を上げることによってマードックが小説、詩、戯曲などを通してもたらしてくれた恩恵に報いたいと思います。

　マードックが逝かれた直後、コソボの悲劇が起こりました。その後、インドとパキスタンで、また最近では東チモールで皆さんご承知のような悲劇が生じました。これらの紛争は国連の介入によって表面的には小康を得ていますが、真の解決にはほど遠い状態です。真の解決は政治や、まして軍事力などによって得られるものではありません。私達が民族や宗教の相違を超えた人間愛を獲得した時に初めて達成されるものです。それは当事者をはじめ私達一人一人が真剣に考えるべき問題です。私は今こそ、マードックの作品を読み、その意図を汲み取り、実践することがますます緊急、かつ肝要なこととなってきていることを痛感します。

　この目的を果たすために本学会は十数年前に発足し数々の成果を上げているInternational Murdoch Societyと提携していきます。日本アイリス・マードック学会の発足にあたり同学会のSecretaryのAnn Roweさんからお祝いと励ましのお便りを頂いています。また、*Iris Murdoch: The Saint and the Artist*（1986）の著者であり、マードックのauthorized biographerのPeter Conradi教授、そしてマードックの夫で彼女の最良の理解者であるJohn Bayley教授からも励ましのお便りをいただいております。このお三方をはじめとして多くの方が本学会の活動に注目し期待されています。本学会が会員の皆さんの熱意と努力によってその期待に応えることが出来る充実した学会となりますよう心より念願してご挨拶と致します。

The Message from The Iris Murdoch International Society

In *The Sea The Sea*, the retired actor/director Charles Arrowby, musing on his past career, reflects in a rather mysterious way that "people were surprised that I was so popular in Japan. But I knew why, and the Japanese knew". The passing thought remains enigmatic, never explained or explored, but the implication that there is some secret affinity between Charles's work and the Japanese consciousness lingers and frustrates the imagination. Iris Murdoch, it seems, could have made Charles's remark, quite appropriately, about herself. The inauguration of the Iris Murdoch Society of Japan, supported as it is with such a splendid array of Japanese scholarship, implies a similar, special affinity between the Japanese and the work of Iris Murdoch.

The "parent" Iris Murdoch International Society, is delighted with the news that Japan is to have its own independent Society. We wholeheartedly support the forum for philosophical and intellectual debate which this Society will provide. It will cultivate research in Murdoch studies; it will foster the continuation of debate on her ideas, her literature and her philosophy, and will provide a further means of linking Murdoch scholars all over the world.

From Cheryl Bove, the American Editor of the Iris Murdoch Newsletter, and myself, come congratulations and good wishes to you all. We look forward to a long and productive relationship between the two Societies. We also look forward to reading and sharing the intellectual fruits of this very special First Conference of the Iris Murdoch Society of Japan.
With very best wishes.

Dr Anne Rowe
European Editor
The Iris Mrudoch Newsletter (UK&USA)

John Bayley 教授から本学会への手紙

When Iris and I came to Japan on a lecture visit for the British Council, now nearly eight years ago, we specially enjoyed our marvelous weekend at Okayama University. At once we felt among friends; and not friends only but discerning readers and admirers of Iris's novels and of her work in philosophy. When we left Japan we continued to keep in touch with the new friends we had made, and especially with Professor Yozo Muroya, a doyen of Iris Murdoch studies, the poet and teacher Paul Hullah, the painter and writer Christopher Heywood, and Professor Neil McEwan, now teaching at Nara Women's University.

That was three years before Iris began to show the symptoms of Alzheimer's disease, the affliction which was to put an end to her creative career. I remember very well the moment when Iris said to me in a sad and puzzled tone that she could not get on with the novel that was to be her last, *Jackson's Dilemma*, because she could not make out who was this mysterious figure of Jackson, nor understand how he had entered her conception of the new novel. I was puzzled and disturbed myself-worried too-as I recorded in the *Memoir* of Iris, and of our life together which has recently been published. It seemed to me after the event that Jackson was a premonitory figure, an omen of her forthcoming illness of which his creator was unconscious at the time, and whose nature and purpose her mind could not make out.

Almost her last coherent statement before she succumbed to the loss of speech ability which is a cruel aspect of the disease was that she was "sailing into the dark." Sailing perhaps under the dark escort of the last character in all that wonderful pantheon of beings who represent her inimitable achieve-ment as a novelist.

I am still able to look after Iris, sad as her situation now is; and it gives me great pleasure that all she has done in more than fifty years of a great career as writer and philosopher is now being honored by the foundation of the Iris Murdoch Society and especially of the Iris Murdoch Society of Japan, which will be inaugurated under the presidency of Professor Muroya. Most warmly do I wish the Society well; and I know that Iris-modest as she is and always has been about her achievements—would do the same. I honor too those readers and admirers of Iris who have themselves wished to honor her by setting up the Society. By their academic intercourse, and in their meetings and discussions, they will always be finding new aspects of her work in which to rejoice, and which they will illuminate by their continued understanding and appreciation.

第10章

哀悼　デイム・アイリス・マードック

　日本アイリス・マードック学会設立準備会が発足したのは1998年末のことでした。デイム・アイリス・マードックは1996年以来アルツハイマー症を患って記憶力，思考力は衰弱していたものの身体的にはそれほど衰えをみせていないと伺っていました。そこで私達は1999年7月には満80歳をむかえられるものと確信しつつ学会設立に向けて検討を重ねてきました。そして多くの人々の熱意と尽力の結果，実現の運びとなったのでした。マードックご夫妻にこのことをお知らせしましたところ，夫のジョン・ベイリー教授から次のような一節を含む丁重なお手紙を頂きました。

　…and it gives me great pleasure that all she (=Iris) has done in more than fifty years of a great career as writer and philosopher is now being honoured by the foundation of the Iris Murdoch Society, and especially of the Iris Murdoch Society of Japan …. Most warmly do I wish the Society well; and I know that Iris-modest as she is and always has been about her achievement-would do the same. …

　それから1カ月も経たない2月9日（イギリスでは8日）早朝，電話のベルが響き，偉大な作家の死を告げられたのは大きな衝撃でした。暫くは呆然とするばかりでしたが，やがてこれから何をしなければならないかが判ってきました。

　デイム・アイリス・マードックは葬儀も追悼の催しも一切行わないで欲しいと言い残していたそうです。私達がこの際すべきことは彼女の作品を読み直すことであり，学会としては9月下旬に予定している総会・研究発表を実りあ

第10章　哀悼　デイム・アイリス・マードック　99

るものにすることです。そしてそうすることがデイム・アイリス・マードックの遺志に最も適うことと思います。改めて会員の方々の積極的なご参加をお願い申しあげます。

★以下の情報は *The Times* と *The Sunday Times* による

文学界からのマードックの御霊に捧げる哀悼の詞　マードックはOxfordの介護施設で夫のBayley教授に看取られて安らかに息を引き取った。小説家でしかも哲学者としての彼女は人間の心理を鋭く洞察する作品を描き、20世紀屈指の文筆家であった。その作品は21世紀以降も読み続けられるだろう。昨夏Bayley教授はマードックの回顧録を出版し、その中で病により二人の間は想像以上に穏やかになったと述べている。彼女は、Josephine Hartによると最も優美な人であり、John Griggに言わせると知性と暖かい心を兼ね備えた人である。またDoris Lessingは「何と惜しい人を失ったことか」と嘆き、Margaret Drabbleは珍しく優れた力量の持ち主とほめ、Malcom Bradburyは今世紀後半におけるイギリス最高の作家と称して賞賛の辞を惜しまない。(Feb.9 1999)

広い視野を持ち、多くのことに関心を抱き続けたアイリス・マードック逝く　小説家にして哲学者アイリス・マードックの生涯が、彼女の死の翌日掲載された。両親との生活、サルトルとの出会い、運命的な結婚、同志の如く支え合った結婚生活……。エピソードの多くは、読者にとって決して目新しいものではないが、閉ざされた世界に留まることを潔しとせず、より高い理想を目指し著作活動に励んだ作家の姿を改めて思い起こさせる。

　マードックは多作な作家であった。多作を批判する人は、作家が抱き続けた信念を見過ごしている。すなわち、善の思想同様、彼女にとって完全な作品というものは存在せず、一作生み出すごとに、さらなる理想の世界が作家の目の前には広がっていたのである。(Feb.9 1999)

開かれた心の持ち主、哲学的語り部アイリス・マードックを悼む　哲学者、小説家のマードックが才能を惜しまれながら世を去った。彼女は特異な才能で哲学的探求を小説の形式で表現する分野を切り開いた。それは人間の意識を扱う最高の芸術で、その業績は大きい。「善とは何か」「芸術とは何か」という哲学的命題を小説や評論に表した。その中には中世の日本に題材を取った『三本の矢』という珍しい戯曲もある。彼女は夫Bayley氏との穏やかな生活中にも、鋭敏で闊達な精神生活を送り、あらゆることに強い好奇心を持ち人間に対する暖かい眼差しを注いでいた。知的活動を旨とする彼女が皮肉にも脳の病に倒れたのは心痛む限りである。彼女の死は大きな損失だが偉大な作品は我々のもとに残されている。(Feb.9 1999)

葬儀を望まず　マードックは葬儀その他一切不要であると明確に言い残していた。名声に無頓着で控えめだった彼女らしいと、彼女の著作の出版担当者はいう。今世紀最大の作家

の一人であった彼女の訃報に、改めてその作品が注目され著作の売上が伸びそうだ。15年来の友人で遺著管理人でも、あるヴィクター氏によると未発表作品はない模様で、たとえあっても「彼女が発表を望まなかったのなら、いまさらするべきではない」と彼はいう。彼女にノーベル賞が与えられなかったことを彼は非常に残念がっている。事務的連絡にさえ感謝の言葉を書き添えるほど筆まめだった彼女は、膨大な量の書簡を残しているがまだ発表の段階にない。葬儀一切を望まない場合、直接火葬場に運ばれ、遺灰は人知れず撒かれる可能性がある。(Feb.10 1999)

結 び

感謝の気持ち

　私がマードックと親しく接することができたのは多くの人々のご支援の賜物である。とくに岡山大学の最初の外国人教師にお迎えしたChrstopher Heywood教授がおられなかったなら不可能であった。同教授はエミリー・ブロンテの優秀な研究者であり、水彩画にも卓越した才能の持ち主でもあり、*Poems by Iris Murdoc*と*Occasional Essays by Iris Murdoch*の表紙を飾るためにアイリスの花とパブ（Royal Oak）の前景の絵を描いてくだっさた。英文学の難問の解決にはこの道の権威であるNeil MacEwan教授が助け舟を出してくださった。同教授の*The Survival of The Novel*は20世紀後半のイギリス文学の優れた研究書である。イギリス旅行を楽しめたのは2012年、病状が急変し亡くなった妻の瑠美子のお陰である。旅行のたびに大きな荷物を抱えて

会食中のNeil MacEwan教授とChristopher Heywood教授と著者

同行してくれた。彼女はChristopherの親友となり語学の交換授業をしたり、マードックとJhonとNeilとは親友になった。彼女は動物が好きであった。犬、猫のような日本ではなじみの動物はもちろん、驢馬やイギリスではよく見られる栗鼠や雉とも仲良くなった。ここではその折の写真を掲げ楽しかった往時を偲びたいと思う。彼女は編み物と読書が最大の趣味であった。本の蔵書はマードックのそれには及ばないけれども1万冊になる。私は1カ月かけてそ

驢馬に餌を与えている妻・瑠美子

雉と戯れる瑠美子
（Oxfordのパブwater sideの庭で）

マードックと歓談中の 瑠美子

Oxford大学のCharwell川でのパンティング

の目録を完成させた。

著者としてどのような人にもまして感謝しなければならないのはアイリス・マードックと夫 Jhon Bayley 教授の存在である。ここではその方々の当時の写真を掲げ感謝の気持ちをあらわしたい。

Poems by Iris Murdoch の鑑賞会の折の Iris Murdoch と John Bayley
（ヘイウッド邸の客室にて）

私は岡山大学を停年で辞する時、それまでは官舎住まいでしたので家を岡山市の北の郊外に新築し移転しました。住所変更をお知らせするために家の環境などを含めてお二人に一筆認めた。それに対する John の手紙は彼の優しい気持ちをよく表したものでした。She does remember you の一句はマードックの病状が悪化しても彼女は私たちのことは憶えていてくれているということを示しています。

マードックと歓談中
（クリストファー・ヘイウッド邸のバック・ヤードで）

○ John からの手紙

My Dear Yozo

Thank you so much for ::: book, --- so nicely done, and with you and Paul's excellent introduction. Christopher had told me of your heart problem.

I am so sorry, and so glad to hear things are better now. I am sure ::: with be, and let wishes for the future. Our 'problem' gets a bit worse each month, but ::: struggle on lovingly.

Your letter was a delight --- what a sense of humour you have!! I love ::: ::: of Rumiko teaching Christopher and Christopher teaching Rumiko --- Please give Rumiko our love --- ::: remember ::: they much our meeting with her.

The new house sounds lovely. Bird-noises and local trains: best forthground sounds. Much better than cars and people! What beautiful handwriting you have! I wish mine was so good and so clear.

Again, Thanks and love from Iris and kisses from her --- she does remember you. --- John

(:::は不明)

■ 著者紹介

室谷　洋三　(むろや　ようぞう)

　1935 年　函館市生まれ
　東京大学文学部英文学科卒業
　岡山大学教授、ノートルダム清心女子大学文学部教授・学部長
　著書　『アイリス・マードック「黒衣の王子」論』(英潮社新社)
　　　　Poems by Iris Murdoch（University Education Press）
　　　　OCCASIONAL ESSAYS by IRIS MURDOCH（University Education Press）
　訳書　『ゴールデン・フライヤーズ奇談』(福武書店)

アイリス・マードックと宮澤賢治の同質性
―両者を結びつける絆 Rabindranath Tagore―

2013 年 6 月 15 日　初版第 1 刷発行

■著　　者───室谷洋三
■発 行 者───佐藤　守
■発 行 所───株式会社　大学教育出版
　　　　　　　〒700-0953　岡山市南区西市 855-4
　　　　　　　電話 (086) 244-1268　FAX (086) 246-0294
■印刷製本───サンコー印刷㈱

Ⓒ Yozo Muroya 2013, Printed in Japan
検印省略　落丁・乱丁本はお取り替えいたします。
本書のコピー・スキャン・デジタル化等の無断複製は著作権法上での例外を除き禁じられています。本書を代行業者等の第三者に依頼してスキャンやデジタル化することは、たとえ個人や家庭内での利用でも著作権法違反です。
ISBN978-4-86429-219-1